新装版

# 齋藤孝のイッキによめる！日本の偉人伝

イッキよみ!

講談社

# 齋藤孝のイッキによめる！日本の偉人伝 もくじ

まえがき

じつは今回《こんかい》は、一冊《さつ》には多《おお》すぎるっていうほどの人数《にんずう》をつめこんでみた。そのわけは、一冊《さつ》でイッキに、日本《にっぽん》の歴史《れきし》をがーっと見《み》わたしてほしいっていう気持《きも》ちがあった。日本《にっぽん》にはこんなにいろんな人《ひと》がいて、みんながこんなにがんばってくれたから、いまがあるということをわかってほしいんだ。

だれをとりあげるかについては、つぎの三つを考《かんが》えた。

## 一　新《あたら》しいものごとをきりひらいた人《ひと》

ぼくたちのいまの生活《せいかつ》というのは、いままでになかったことをやった人《ひと》たちの、新《あたら》しいものごとがつみかさなってできているんだね。彼《かれ》らがいなければ、ぼくらはまだ石器時代《せっきじだい》のような生活《せいかつ》をしているかもしれない。

## 二　心《こころ》のありかたをかえた人《ひと》

ものごとを発見《はっけん》した人《ひと》っていうのは、西洋《せいよう》にもたくさんいるんだけど、この本《ほん》では、もつべき心《こころ》のありかたを発見《はっけん》した人《ひと》を大事《だいじ》にしてみた。たとえば、美《うつく》しさやかなしさの気持《きも》ちの発見《はっけん》だったり、こういうふうに生《い》きようという新《あたら》しい志《こころざし》を発見《はっけん》した人《ひと》だ。

## 三　ねばり強《づよ》く、ひとつのことをやりつづける人《ひと》

偉業《いぎょう》をなしとげる人《ひと》の特長《とくちょう》のひとつが、ねばり強《づよ》いということなんだ。かんたんにはあきらめない、強《つよ》い気持《きも》ちを、この人《ひと》たちから学《まな》んでくれるとうれしいな。

ぼくらは日本人《にほんじん》なので、日本人《にほんじん》のよさというものも、ちゃんと勉強《べんきょう》していないとだめだと思《おも》うんだ。ちかごろの日本人《にほんじん》は国際人《こくさいじん》をめざしているけ

れど、外国《がいこく》の人《ひと》から見《み》れば、日本《にっぽん》の文化《ぶんか》や歴史《れきし》を知《し》っている人《ひと》こそ、信用《しんよう》できる日本人《にほんじん》であり、国際人《こくさいじん》なんだ。だからこの本《ほん》に登場《とうじょう》するような代表《だいひょう》的《てき》な偉人《いじん》については、みんなすらすら語《かた》れるくらいになってほしいと思《おも》う。

そのためにも、この本《ほん》を読《よ》んだら、すぐにその話《はなし》の内容《ないよう》をお父《とう》さんやお母《かあ》さんなど、まわりの人《ひと》たちに話《はな》してみよう。三人《にん》くらいに話《はな》してみると、いつでも話《はな》せるようになるよ。

子《こ》どものころの読書《どくしょ》というのは、大人《おとな》になってからの読書《どくしょ》とはちがうんだ。小学生《しょうがくせい》のときに読《よ》んだものは、そのまま体《からだ》のなかに細胞《さいぼう》のひとつとして入《はい》っちゃう感《かん》じがする。大切《たいせつ》にしてほしい時期《じき》なんだ。

そして人《ひと》の心《こころ》というのは、自分《じぶん》だけでできているんじゃなくて、こういうすごい人《ひと》がどれだけすんでいるかによって、その人《ひと》の大《おお》きさが決《き》まってくる。ぼくも勉強《べんきょう》したり、仕事《しごと》をしていくなかで、自分《じぶん》のなかにすんでいる、読《よ》んだ伝記《でんき》の人《ひと》たちが、ぼくを後《あと》おししてくれているような気持《きも》ちがするんだ。この本《ほん》で、たくさんの日本《にっぽん》の偉人《いじん》たちに、きみの心《こころ》のなかにもすんでもらってほしいな！

明治大学教授《めいじだいがくきょうじゅ》　齋藤《さいとう》　孝《たかし》

戦乱《せんらん》の世《よ》を生《い》きた、日本《にっぽん》を代表《だいひょう》する武将《ぶしょう》たち

# 織田《おだ》信長《のぶなが》と徳川《とくがわ》家康《いえやす》

織田信長（1534 ～ 1582 年）
徳川家康（1542 ～ 1616 年）
信長は、戦国時代を勝ちのこり、
天下統一をはたすまであとすこしだった。
家康は、豊臣秀吉のあとをうけ、江戸幕府をひらき、
ながくつづく徳川政権の基礎をきずいた。

「なに？　浅井《あさい》がねがえっただと？」

織田信長《おだのぶなが》と徳川家康《とくがわいえやす》の連合軍《れんごうぐん》が、圧倒的《あっとうてき》な強《つよ》さで越前《えちぜん》の朝倉義景《あさくらよしかげ》の本拠地《ほんきょち》へ攻《せ》めこもうとしていたときのことである。信長《のぶなが》の妹《いもうと》の夫《おっと》である近江《おうみ》の浅井長政《あさいながまさ》が、とつぜんうらぎって朝倉《あさくら》の味方《みかた》についたとの知《し》らせが、金ケ崎城《かねがさきじょう》に陣《じん》どっていた信長《のぶなが》の耳《みみ》にはいってきた。

「まさかそんなわけはあるまい。なにかのまちがいではないのか。」

「いいえ、事実《じじつ》でございます。浅井軍《あさいぐん》も、もうこっちにむかってきています！」

最初《さいしょ》、その報告《ほうこく》を信長《のぶなが》は信《しん》じなかった。義理《ぎり》の弟《おとうと》にあたる長政《ながまさ》が、自分《じぶん》をうらぎることなど、これっぽっちも想像《そうぞう》していなかったのである。しかし、すでに朝倉家《あさくらけ》と浅井家《あさいけ》の軍勢《ぐんぜい》が、信長《のぶなが》のいる金ケ崎城《かねがさきじょう》をはさみうちにしようとしているという。敵《てき》があわてふためくほどの勝《か》ち戦《いくさ》をしていたはずが、一瞬《いっしゅん》にしてピンチになってしまったのだ。

「このままではみな殺《ごろ》しにされてしまうぞ……。」

そんな恐怖《きょうふ》が、重臣《じゅうしん》たちへまたたく間《ま》にひろがっていく。

そのときである。

「いっせいに退却《たいきゃく》じゃー！」

信長《のぶなが》の怒《おこ》ったような大《おお》きな声《こえ》が、城内《じょうない》にひびきわたった。

そしてつぎの瞬間《しゅんかん》には馬《うま》にとびのり、せっかく手《て》にいれた領地《りょうち》も城《しろ》もなげすて、疾風《しっぷう》のごとく信長《のぶなが》は京《きょう》へとにげさったのである。

そのころ、先陣《せんじん》をきって朝倉《あさくら》の軍勢《ぐんぜい》へ攻《せ》めこんでいた徳川家康《とくがわいえやす》は、信長《のぶなが》がにげさってしまったことなどまったく知《し》らずに、いまにも突撃《とつげき》しようかと準備《じゅんび》をすすめていた。家康《いえやす》がこのことを知《し》ったのは、とうに半日《はんにち》がすぎた翌日《よくじつ》の朝《あさ》のことだった。

「なんと！　信長《のぶなが》どのはもうすでに越前《えちぜん》にはおられないと？」

使者《ししゃ》からの報告《ほうこく》に、家康《いえやす》は面食《めんく》らってしまった。それもそのはずだ。信長《のぶなが》からたのまれて三河《みかわ》から越前《えちぜん》まででむき、そのうえ危険《きけん》な先頭《せんとう》に立《た》って、信長《のぶなが》のために戦《たたか》っていたのだ。それなのに直接《ちょくせつ》なんの報告《ほうこく》もなく、戦場《せんじょう》においてきぼりにされてしまったのである。

「なんということだ！　織田《おだ》どのには仁義《じんぎ》というものがないのか！」

「われわれは、もう用《よう》ずみということか！」

「家来《けらい》でもないのに、なぜこんなしうちをうけねばならぬのだ！」

当然《とうぜん》、家康《いえやす》の家臣《かしん》たちはいきりたった。しかし家康《いえやす》は、つぎつぎと怒《いか》りをあらわにする家臣《かしん》たちにむかって声《こえ》をかけた。

「まあよい、そういうな。きっと的確《てきかく》に判断《はんだん》した結果《けっか》なのだろう。とりあえずは退却《たいきゃく》じゃ。」

家康《いえやす》はひとつの不満《ふまん》も口《くち》にすることなく、ふだんとまったくかわらぬ表情《ひょうじょう》で撤退《てったい》の準備《じゅんび》を指示《しじ》したのである。

「みなが怒《おこ》るのももっともなことだ。しかし、戦《いくさ》にたいするカンや決断力《けつだんりょく》をとってみても、信長《のぶなが》どのはまちがいなく天才《てんさい》だ。戦《いくさ》ばかりのこの世《よ》の中《なか》をひとつにまとめることができるのは、信長《のぶなが》どのしかいないのだ。」

敗戦《はいせん》が確実《かくじつ》だった桶狭間《おけはざま》の戦《たたか》いを、だれも想像《そうぞう》がつかないようなみごとな気《き》転《てん》で勝利《しょうり》したのを、敵《てき》として間近《まぢか》で見《み》ていた家康《いえやす》は、かたくそう信《しん》じていた。

だからこそ、なにがあっても、自分《じぶん》はとことん信長《のぶなが》につくそうと決意《けつい》していたのである。

信長《のぶなが》がさった金ヶ崎城《かねがさきじょう》では、味方《みかた》が無事《ぶじ》ににげきれるように、木下秀吉《きのしたひでよし》（のちの豊臣秀吉《とよとみひでよし》）が、わずか五百の兵《へい》で、数万《すうまん》の敵《てき》の軍勢《ぐんぜい》を命《いのち》がけでくいとめていた。

退却《たいきゃく》のとちゅう、秀吉《ひでよし》のようすを見《み》に、家康《いえやす》は金ヶ崎城《かねがさきじょう》へ足《あし》を運《はこ》んだ。

「しんがりのお役目《やくめ》、ご苦労《くろう》でございます。」

「決死《けっし》の覚悟《かくご》で、いまのところ敵《てき》の攻撃《こうげき》をなんとかかわしておりますが、この兵《へい》の数《かず》では、もはや時間《じかん》の問題《もんだい》かもしれません。」

「たしかに数万《すうまん》の敵《てき》を、このわずかな兵力《へいりょく》でおさえることは、さすがに困難《こんなん》でしょう。木下《きのした》どの、われわれ徳川軍《とくがわぐん》も、いっしょにしんがりをつとめさせていただきますぞ。」

家康《いえやす》は、苦《くる》しい戦況《せんきょう》を知《し》るやいなや、徳川家《とくがわけ》の五千の全兵力《ぜんへいりょく》とともに急《きゅう》きょ金ケ崎城《かねがさきじょう》へこもることにしてしまった。

おどろいたのは家康《いえやす》の家臣《かしん》たちだ。

「おきざりにされたのにもかかわらず、きびしい戦《たたか》いを強《し》いられるしんがりまで、みずからすすんでつとめるとは。殿《との》はそこまでして織田《おだ》どのにつくそうとされるのか……。」

家臣《かしん》らは、あっけにとられてしまった。しかし同時《どうじ》に、どこまでも厚《あつ》い家康《いえやす》の忠誠心《ちゅうせいしん》をみて、心《こころ》にうずまいていた信長《のぶなが》への不信感《ふしんかん》が、不思議《ふしぎ》とうすれていくのも感《かん》じるのだった。

おしつおされつの攻防《こうぼう》で、退却《たいきゃく》は困難《こんなん》をきわめた。しかし徳川軍《とくがわぐん》の援護射撃《えんごしゃげき》のかいもあって、千人以上《にんいじょう》の死者《ししゃ》を出《だ》しながらも、信長《のぶなが》も、そして家康《いえやす》も秀吉《ひでよし》も、なんとか無事《ぶじ》に京《きょう》までにげきることができたのである。

信長《のぶなが》と家康《いえやす》は、はれて京《きょう》で生《い》きて再会《さいかい》をはたした。

「ただいま無事《ぶじ》もどりました。」

報告《ほうこく》する家康《いえやす》の目《め》をしっかりと見《み》つめ、信長《のぶなが》はいった。

「ありがとう。たすかりました。」

そして家康《いえやす》の手《て》をとり、かたく握手《あくしゅ》をかわした。秀吉《ひでよし》も、

「徳川《とくがわ》どののおかげで九死《きゅうし》に一生《いっしょう》をえました。ご恩《おん》は死《し》ぬまでわすれません。」

と感謝《かんしゃ》をし、終世《しゅうせい》このことをわすれなかった。

その後《ご》も信長《のぶなが》は家康《いえやす》と手《て》を組《く》み、いくどとなく戦《いくさ》をおこなった。

「必死《ひっし》に生《い》きてこそ、その生涯《しょうがい》は光《ひかり》をはなつ。」

自身《じしん》がのこした言葉《ことば》のとおり、織田信長《おだのぶなが》は天下統一《てんかとういつ》、そして平和《へいわ》な世《よ》の中《なか》をつくるという自分《じぶん》の夢《ゆめ》を実現《じつげん》させようと必死《ひっし》だった。四十九歳《さい》で家臣《かしん》の明智光《あけちみつ》秀《ひで》にうらぎられてこの世《よ》をさるまで、ずっと戦《たたか》いつづけたのだった。

いっぽう家康《いえやす》は、信長《のぶなが》が死《し》ぬまで、ただの一度《いちど》も信長《のぶなが》をうらぎることはなかった。身内同士《みうちどうし》でも簡単《かんたん》にうらぎりあう戦乱《せんらん》の世《よ》の中《なか》にあって、この家康《いえやす》の誠実《せいじつ》さはとてもまれなことだった。

そして、信長《のぶなが》が築《きず》いた地盤《じばん》をひきついで天下統一《てんかとういつ》をなしとげた秀吉《ひでよし》にたいしても、ひたすら忠誠《ちゅうせい》をつくした。

「人《ひと》の一生《いっしょう》はいいこともあれば悪《わる》いこともある。重荷《おもに》をせおって、はてしなく遠《とお》い道《みち》を行《い》くようなものだ。けっして急《いそ》いではならない。不自由《ふじゆう》があたりまえだと思《おも》っていれば、不平《ふへい》も出《で》ない。がまんや忍耐《にんたい》こそが平和《へいわ》の基礎《きそ》である。怒《いか》りの感情《かんじょう》は敵《てき》だと思《おも》いなさい。なにかあっても自分《じぶん》をせめて人《ひと》をせめるな。」

六歳《さい》で人質《ひとじち》にとられてから五十年以上《ねんいじょう》のあいだ、家康《いえやす》はずっとがまんの連続《れんぞく》だった。つらいことも多《おお》かったが、けっして苦労《くろう》にまけず、辛抱《しんぼう》しつづけた。

そうして秀吉《ひでよし》の死後《しご》、ようやく天下《てんか》をとったとき、家康《いえやす》はすでに六十二歳《さい》になっていた。おさないころからの夢《ゆめ》であった戦《たたか》いのない世《よ》の中《なか》を、そこでやっと実現《じつげん》することができたのだ。

家康《いえやす》がひらいた江戸幕府《えどばくふ》により、大《おお》きな争《あらそ》いのない平和《へいわ》な世《よ》の中《なか》が、このあと二百六十年《ねん》ものあいだ、つづくことになるのである。

齋藤孝の
偉人《いじん》
かいせつ

# 織田信長《おだのぶなが》と徳川家康《とくがわいえやす》

本人《ほんにん》たちがつくったのかどうかはわからないけれど、有名《ゆうめい》なホトトギスの句《く》がある。

信長《のぶなが》は「鳴《な》かぬなら殺《ころ》してしまえホトトギス」

秀吉《ひでよし》は「鳴《な》かぬなら鳴《な》かせてみせようホトトギス」

家康《いえやす》は「鳴《な》かぬなら鳴《な》くまで待《ま》とうホトトギス」

この三つの句《く》は、信長《のぶなが》は気性《きしょう》がはげしく、秀吉《ひでよし》は工夫《くふう》の人《ひと》、そして家康《いえやす》は待《ま》つのがじょうずだったことをよくあらわしているね。

信長《のぶなが》は新《あたら》しいものが好《す》きだった。鉄砲《てっぽう》をいちはやく取《と》りいれたことは有名《ゆうめい》だね。秀吉《ひでよし》は、寒《さむ》い日《ひ》にふところであたためたぞうりを信長《のぶなが》にさしだした話《はなし》がある。家康《いえやす》は、あせらずじっくり準備《じゅんび》をととのえていった。そしてその後《ご》二百年以上《ひゃくねんいじょう》もゆるがない、江戸幕府《えどばくふ》を築《きず》きあげたんだ。

松下幸之助《まつしたこうのすけ》という、パナソニック（もと松下電器産業《まつしたでんきさんぎょう》）をつくった世界的《せかいてき》な名経営者《めいけいえいしゃ》がいるんだけれど、彼《かれ》もホトトギスの句《く》を詠《よ》んでいる。

「鳴《な》かぬならそれもまたよしホトトギス」

きみならどんなホトトギスの句《く》をつくるかな？

平家《へいけ》をほろぼし、武士《ぶし》の時代《じだい》の幕《まく》をあけた兄弟《きょうだい》

# 源義経《みなもとのよしつね》と源頼朝《みなもとのよりとも》

源頼朝（1147 ～ 1199 年）
源義経（1159 ～ 1189 年）
頼朝は、鎌倉幕府をひらき、
日本で最初の武家政治をはじめた。
義経は、兄頼朝のもと、天才的な戦略で平家を
ほろぼした。幼年時代は牛若丸の名で知られている。

「父《ちち》は平氏《へいし》に殺《ころ》されたのか……。よーし、われは父上《ちちうえ》の無念《むねん》をはらすため、いつかこの手《て》で、平氏《へいし》をほろぼしてやる！」

そのときからおよそ二十年前《ねんまえ》、武士《ぶし》の二大勢力《だいせいりょく》のひとつであった源氏《げんじ》は、平《へい》氏《し》との勢力争《せいりょくあらそ》いにやぶれ、一族《いちぞく》がはなればなれになってしまった。

おさなかったため寺《てら》にあずけられていた源 義経《みなもとのよしつね》は、ある日《ひ》、自分《じぶん》に源氏《げんじ》の血《ち》がながれていることを知《し》った。それからというもの、義経《よしつね》は打倒平氏《だとうへいし》を目標《もくひょう》にすごしてきた。だから、兄《あに》である源 頼朝《みなもとのよりとも》が平氏《へいし》をたおすために兵《へい》をあげたことを耳《みみ》にすると、いてもたってもいられなくなった。

「われのねがいがかなう機会《きかい》がやってきたぞ。まだ見《み》ぬ兄《あに》ではあるが、わたしも源氏《げんじ》の子《こ》。すこしでも兄上《あにうえ》の力《ちから》になりたい！」

その一心《いっしん》で、義経《よしつね》は、はるばる奥州平泉《おうしゅうひらいずみ》から兄頼朝《あによりとも》のもとへかけつけた。

「はじめてお目《め》にかかりまする。わたくしは兄上《あにうえ》の弟《おとうと》である源義経《みなもとのよしつね》。兄上《あにうえ》とともに戦《たたか》いたく、奥州平泉《おうしゅうひらいずみ》からまいりました。」

とつぜんやってきた義経《よしつね》を、頼朝《よりとも》はこころよく出《で》むかえた。

「おお。ずいぶん大《おお》きく立派《りっぱ》になったのう。義経《よしつね》、よくかけつけてくれた。ともに父《ちち》のかたきをうつため、平氏《へいし》と戦《たたか》おうぞ。」

はじめて会《あ》う兄《あに》のやさしい言葉《ことば》に、義経《よしつね》の胸《むね》は熱《あつ》くなった。

「はい！　兄上《あにうえ》のため、源氏《げんじ》のため、全力《ぜんりょく》をつくしまする！」

そして、それから三年《ねん》。

「はやく、はやく平氏《へいし》と戦《たたか》いたい。」

そうねがいつづけていた義経《よしつね》に、ついにそのときがやってきた。

「義経《よしつね》よ。範頼《のりより》とともに平氏《へいし》をうて。」

頼朝《よりとも》から、平氏《へいし》追《お》いうちの命《めい》をうけたのである。

肌《はだ》をさすような冷気《れいき》が体《からだ》をつつみこむ二月《がつ》。源義経《みなもとのよしつね》ら一行《いっこう》は、平氏《へいし》との一《いち》大決戦《だいけっせん》の地《ち》、一《いち》ノ谷《たに》の近《ちか》くへ到着《とうちゃく》した。

平氏《へいし》の軍《ぐん》は、前《まえ》は海《うみ》、うしろは岩山《いわやま》という細長《ほそなが》い地形《ちけい》の場所《ばしょ》に陣《じん》をとっていた。両《りょう》はしの入《い》り口《ぐち》さえ守《まも》りをしっかりかためておけば、簡単《かんたん》に攻《せ》めいられることはない、難攻不落《なんこうふらく》の陣地《じんち》であった。

「うーむ。平家《へいけ》もうまいところに陣《じん》をはったものだ。これではなかなか手《て》もだせぬわ。」

考《かん》がえこむ兄《あに》の範頼《のりより》。義経《よしつね》はしばらく考《かん》がえをめぐらせたあと、兄《あに》に、こうきりだした。

「兄上《あにうえ》、わたくしにいい考《かんが》えがありまする。ここはわたくしにおまかせねがいませぬか。」

「ほう、もうしてみよ。」

「兄上《あにうえ》は、五万《まん》の兵《へい》をひきいてこのまま海《うみ》ぞいをすすみ、東《ひがし》の入《い》り口《ぐち》から突入《とつにゅう》してください。わたくしは一万《まん》の兵《へい》とともに岩山《いわやま》の後《うし》ろをまわりこんで反対側《はんたいがわ》から攻《せ》めいります。ふた手《て》にわかれて東西《とうざい》から平氏《へいし》の軍《ぐん》をはさみうちにするのです。同時《どうじ》に攻《せ》めいれば、鉄壁《てっぺき》の守《まも》りだったとしても勝機《しょうき》はありましょう。」

「なるほど。義経《よしつね》、それは名案《めいあん》だ。では決戦《けっせん》の日《ひ》は三日後《みっかご》の明《あ》け方《がた》にしよう。いいな。」

攻撃《こうげき》の日時《にちじ》を確認《かくにん》すると、義経《よしつね》は一万《まん》あまりの兵《へい》とともに移動《いどう》を開始《かいし》した。

「義経《よしつね》どの、さすがでございますな。はさみうちにするとは平氏《へいし》も考《かんが》えてはいないでしょう。」

義経軍《よしつねぐん》に従軍《じゅうぐん》していた武将《ぶしょう》、土肥実平《どひさねひら》がそう感心《かんしん》すると、にやりとしながら義経《よしつね》はこたえた。

「いいや。このくらいのことは平氏《へいし》だって考《かんが》えているだろう。もうそろそろわれらをねらった一団《いちだん》が見《み》えてくるころではないかな。」

そのとおり、しばらくすると前方《ぜんぽう》に平氏《へいし》と思《おも》われる数千《すうせん》の軍勢《ぐんぜい》の姿《すがた》が見《み》えた。義経《よしつね》の予想《よそう》はあたっていた。源氏《げんじ》がふた手《て》から攻《せ》めてくることを想定《そうてい》した平家軍《へいけぐん》が、岩山《いわやま》の後《うし》ろでまちぶせしていたのである。

思《おも》いがけない敵《てき》の姿《すがた》にあわてる兵士《へいし》たちへ、義経《よしつね》は落《お》ちつきはらった声《こえ》でいはなった。

「みなのもの、おそれるでない。あそこに平家軍《へいけぐん》がいることは予想《よそう》したとおりである。いいか、よくきけ。敵《てき》は幸《さいわ》いにも数《かず》が少《すく》なく、こちらに気《き》づいていない。ここは不意《ふい》をついて、敵《てき》が休《やす》んでいる夜《よる》、襲撃《しゅうげき》を開始《かいし》する！」

真夜中《まよなか》、日付《ひづけ》がかわったばかりの時刻《じこく》に、義経一行《よしつねいっこう》は一気《いっき》に夜襲《やしゅう》をかけた。

「うわあ～！　なんだなんだ、たすけてくれ～。」

ねむったところをとつぜんおそわれた平家軍《へいけぐん》は、ただ四方八方《しほうはっぽう》ににげまどうことしかできなかった。

いっぽう、またたくまに平家軍《へいけぐん》をおいはらうことができた義経軍《よしつねぐん》は、一気《いっき》に活気《かっき》づいた。

「義経《よしつね》さまの作戦《さくせん》はまことにすばらしい！　さすが源氏《げんじ》の血族《けつぞく》だ。」

「夜襲《やしゅう》なんて思《おも》いつきもしなかったわ。」

「勝《か》てるぞ、義経《よしつね》さまの下《した》にいればこわいものなしじゃ。」

兵士《へいし》たちは口々《くちぐち》に義経《よしつね》をほめたたえた。義経《よしつね》の的確《てきかく》で、それでいてだれも思《おも》いつかないような戦略《せんりゃく》と、たえず自信《じしん》にみちあふれているたのもしい態度《たいど》に、兵士《へいし》たちは大《おお》いに勇気《ゆうき》づけられていた。

しかも義経《よしつね》の秘策《ひさく》は、これだけではおわらなかった。けもの道《みち》のような道《みち》なき道《みち》をひたすら半日《はんにち》あるきつづけ、ようやく平家軍《へいけぐん》が陣《じん》どる一《いち》ノ谷《たに》の反対側《はんたいがわ》の入《い》り口《ぐち》が近《ちか》づいてきた。範頼《のりより》と約束《やくそく》した合戦開始時刻《かっせんかいしじこく》まで、あと半日《はんにち》をきったところだった。

義経《よしつね》は、土肥実平《どひさねひら》ら武将《ぶしょう》たちをあつめてこういった。

「いまからこの軍《ぐん》をふたつに分《わ》ける。馬術《ばじゅつ》にすぐれた者《もの》だけを七十ほどあつめてくれ。そのほかは土肥《どひ》、そなたにあずける。そなたは軍勢《ぐんぜい》をひきいて計画《けいかく》どおり、明朝《みょうちょう》、西《にし》の入《い》り口《ぐち》から攻《せ》めいるのだ。」

「な、なんと！　義経《よしつね》どのはいかがなされる。」
「わたくしは七十騎《き》とともにこの岩山《いわやま》をのぼる。」
「なんですと、この岩山《いわやま》を⁉」

翌日《よくじつ》の明《あ》け方《がた》。東《ひがし》の空《そら》がうっすらと明《あか》るくなりはじめたころ、海《うみ》ぞいをすすんできた範頼軍《のりよりぐん》が東《ひがし》から、土肥実平《どひさねひら》ひきいる軍勢《ぐんぜい》が西《にし》から、ほぼ同時《どうじ》に平氏《へいし》の陣《じん》に攻《せ》めかかった。すさまじいさけび声《ごえ》と刀《かたな》のぶつかる音《おと》があちらこちらからきこえてきた。しかし、平氏《へいし》の守《まも》りは想像《そうぞう》以《い》上《じょう》にかたかった。源氏軍《げんじぐん》はなかなか入《い》り口《ぐち》を突破《とっぱ》できず、攻《せ》めあぐねていた。

そのころ、義経《よしつね》は目《め》もくらむような断崖絶壁《だんがいぜっぺき》の岩山《いわやま》の上《うえ》から、真下《ました》でくりひろげられている戦《いくさ》の状況《じょうきょう》をながめていた。

源氏軍《げんじぐん》が苦戦《くせん》をしているとわかると、義経《よしつね》は七十騎《き》の兵《へい》を自分《じぶん》のまわりによびあつめた。

「出陣《しゅつじん》のときがきた。われわれは、いまからこの崖《がけ》をかけおり、平氏《へいし》の陣《じん》に突入《とつにゅう》する。用意《ようい》はいいか！」

「そ、そんな！　義経《よしつね》さま。ちょっとおまちくだされ。ここは足下《あしもと》が見《み》えないほどの絶壁《ぜっぺき》ではありませぬか。人間《にんげん》の足《あし》はおろか、ましてや馬《うま》でくだるなど無理《むり》にきまっております。」

「そうです。いくらなんでも無茶《むちゃ》でございます。全員《ぜんいん》でみずから死《し》ににいくようなものではありませんか！」

兵《へい》たちの顔《かお》が、つぎつぎと青《あお》ざめていく。それもそのはず、五十メートル以《い》上《じょう》もあるこの岩山《いわやま》は、すこし足《あし》をすべらせただけでころげ落《お》ちてしまうほどの急勾配《きゅうこうばい》。人《ひと》がとおれるようなところではないのだ。いくら騎馬《きば》に自信《じしん》のある者《もの》たちとはいえ、不可能《ふかのう》に思《おも》えた。

しかし、義経《よしつね》は顔色《かおいろ》ひとつかえずにこういった。

「地元《じもと》の者《もの》の話《はなし》では、こんな断崖絶壁《だんがいぜっぺき》でも、鹿《しか》はくだっていくという。鹿《しか》にくだれるのなら、馬《うま》でもだいじょうぶだろう。」

「で、でも、それとこれとは……。」

「おそろしいと思《おも》うから失敗《しっぱい》するのだ。成功《せいこう》すると思《おも》ったら、かならず下《した》までおりられるものよ！　よいか。わしの姿《すがた》をきちんと見《み》ておれ！」

「え⁉」

「それっ、われにつづけ！」

そうさけぶやいなや、義経《よしつね》はそそり立《た》つ岩山《いわやま》を、みずからが先陣《せんじん》をきって馬《うま》とともにかけおりていった。いまにもころげ落《お》ちそうになりながらも、落《お》ちることなくくだっている。

「よ、義経《よしつね》さま……。」

「義経《よしつね》さまが体《からだ》をはって見《み》せてくださっている。われらもいかねば！」

「そうだ！　馬《うま》を、自分《じぶん》を信《しん》じるのだ！」

義経《よしつね》の姿《すがた》にふるいたった兵士《へいし》たちは、顔《かお》を見《み》あわせてうなずきあった。そして、すさまじい雄《お》たけびとともに、いっせいにかけおりたのである。

「うおー！」

背後《はいご》は崖《がけ》だと安心《あんしん》しきっていた平家軍《へいけぐん》は、とつじょ、後《うし》ろの闇《やみ》の中《なか》からおそってきた砂煙《すなけむり》と地《じ》ひびきにおどろき、ふりむいた。

「なんだ？」

見《み》ると、義経《よしつね》ひきいる騎馬群《きばぐん》がかけおりてくるではないか。平家《へいけ》の兵士《へいし》たちはそのあまりの迫力《はくりょく》に圧倒《あっとう》された。

「ぎゃあ〜。」

そして我先《われさき》ににげだしはじめ、現場《げんば》は大混乱《だいこんらん》におちいった。まるで巨大《きょだい》な大軍《たいぐん》がおそってきたかのような錯覚《さっかく》が、平家軍全体《へいけぐんぜんたい》にひろがり、それまで互角以上《ごかくいじょう》の戦《たたか》いで源氏《げんじ》をおいつめていた平氏《へいし》が、あれよあれよというまに海《うみ》へ船《ふね》へとにげてしまったのである。

こうして源平《げんぺい》の歴史的《れきしてき》な合戦《かっせん》のひとつ、一《いち》ノ谷《たに》の戦《たたか》いは、義経《よしつね》のみごとな奇襲《きしゅう》により、源氏《げんじ》の大勝利《だいしょうり》で幕《まく》をとじた。

「すばらしい戦《いくさ》の天才《てんさい》があらわれたぞ。」

義経《よしつね》の作戦《さくせん》は都《みやこ》でも評判《ひょうばん》になり、義経《よしつね》の名《な》は英雄《えいゆう》として一気《いっき》に全国《ぜんこく》へひろまった。

一《いち》ノ谷《たに》の合戦《かっせん》のあと、屋島《やしま》、壇《だん》ノ浦《うら》の戦《たたか》いをへて、源氏《げんじ》が平氏《へいし》を完全《かんぜん》にほろぼすことができたのは、この義経《よしつね》がいたからこそであった。

「やっと父《ちち》の無念《むねん》を晴《は》らすことができた、そして兄《あに》の役《やく》に立《た》てた！」

義経《よしつね》の胸《むね》にあるのは、そんな純粋《じゅんすい》でほこらしい思《おも》いだけであった。しかし義《よし》経《つね》をまちうけていたものは、兄頼朝《あによりとも》からの追《お》いうちという悲劇《ひげき》であった。

「わたしは兄《あに》のため、源氏《げんじ》のために戦《たたか》っただけなのに、なぜ……。」

義経《よしつね》には理解《りかい》できなかった。

兄頼朝《あによりとも》の前《まえ》にすい星《せい》のごとくあらわれ、ともに打倒平氏《だとうへいし》をちかって戦《たたか》った義《よし》経《つね》。

兄《あに》から命《いのち》をねらわれて、自害《じがい》にいたるその最期《さいご》まで、義経《よしつね》が歴史《れきし》の表舞台《おもてぶたい》で活躍《かつやく》したのはわずか九年《ねん》という短《みじか》い年月《ねんげつ》であった。

しかし、すぐれた才能《さいのう》をもちながらも、はかなく散《ち》っていった、そのどこまでも強《つよ》く、美《うつく》しく、悲《かな》しい義経《よしつね》の生涯《しょうがい》は、人々《ひとびと》を魅了《みりょう》しつづけた。そして現在《げんざい》にいたるまで、多《おお》くのところで語《かた》りつがれているのである。

ものしり偉人伝

## 義経《よしつね》につかえた伝説《でんせつ》の怪僧《かいそう》「武蔵坊弁慶《むさしぼうべんけい》」

よき家来《けらい》として、つねに義経《よしつね》によりそい、彼《かれ》をたすけたといわれているお坊《ぼう》さんだ。力持《ちからも》ちの大男《おおおとこ》で、長刀《なぎなた》の名手《めいしゅ》だったようだ。物語《ものがたり》や歌舞伎《かぶき》の世界《せかい》では、義経《よしつね》といっしょに大《おお》きくとりあげられているけど、実際《じっさい》にいた人物《じんぶつ》かどうかは、よくわかっていないんだ。

義経《よしつね》との出会《であ》いは、有名《ゆうめい》な物話《ものがたり》として知《し》られている。「京都《きょうと》の五条大橋《ごじょうおおはし》に、夜《よる》になると通《とお》りがかりの武士《ぶし》の刀《かたな》をうばいとる乱暴者《らんぼうもの》がいた。その名《な》は弁慶《べんけい》。あつめた刀《かたな》の数《かず》が、あと１本《ぼん》で1000本《ぼん》になるという。そこにあらわれたのが義経《よしつね》だった。弁慶《べんけい》は力《ちから》にまかせて義経《よしつね》にきりかかるが、義経《よしつね》は身軽《みがる》にそれをよけ、弁慶《べんけい》にまいったといわせる。義経《よしつね》の実力《じつりょく》と、人間《にんげん》としての大《おお》きさに心《こころ》をうたれた弁慶《べんけい》は、それ以来《いらい》、義経《よしつね》の家来《けらい》としてつきそうことになった」という話《はなし》だ。

義経《よしつね》とともに追《お》いつめられた東北《とうほく》の衣川《ころもがわ》で、義経《よしつね》をまもるために全身《ぜんしん》に矢《や》をうけ、最期《さいご》はつっ立《た》ったまま死《し》んだといわれている。

齋藤孝の
偉人《いじん》
かいせつ

# 源義経《みなもとのよしつね》と
# 源頼朝《みなもとのよりとも》

小《ちい》さいころ牛若丸《うしわかまる》とよばれていた義経《よしつね》は、天狗《てんぐ》と勝負《しょうぶ》をしたとか、とても身軽《みがる》で、すごいジャンプで弁慶《べんけい》をきりきり舞《ま》いさせたとか、いろんな逸話《いつわ》がのこっているよね。戦略家《せんりゃくか》としてもすぐれていて、人気《にんき》と実力《じつりょく》をかねそなえたスターだった！
「判官《ほうがん》びいき」という言葉《ことば》があるけれど、この判官《ほうがん》というのは義経《よしつね》のことなんだ。義経《よしつね》の大活躍《だいかつやく》のおかげで、兄《あに》の頼朝《よりとも》は鎌倉幕府《かまくらばくふ》をひらくことができたわけだけれど、頼朝《よりとも》は義経《よしつね》をおいつめ、ひどいことをしてしまう。そのひどい目《め》にあったこともふくめて、日本人《にほんじん》には、義経《よしつね》のように、弱《よわ》いほうや不利《ふり》なほうを応援《おうえん》しようとする気持《きも》ちがある。これを判官《ほうがん》びいきというんだ。

頼朝《よりとも》はといえば、義経《よしつね》を死《し》においやった悪《わる》い人《ひと》だといわれてしまいそうだけれど、日本《にっぽん》ではじめての本格的《ほんかくてき》な武士《ぶし》の政権《せいけん》をうちたてた、非常《ひじょう》に功績《こうせき》のある人物《じんぶつ》だ。こうしてそれぞれの人物《じんぶつ》の身《み》になって歴史《れきし》を見《み》てみると、まるでドラマのような魅力《みりょく》があっておもしろいよ。

日本《にっぽん》の夜明《よあ》けをめざし、先頭《せんとう》にたって活躍《かつやく》した

# 坂本竜馬《さかもとりょうま》と勝海舟《かつかいしゅう》

勝海舟（1823 ～ 1899 年）
坂本竜馬（1835 ～ 1867 年）
江戸幕府の海軍をつくった海舟は、
話し合いによって、江戸を戦争の危機からすくった。
竜馬は、海舟に弟子入りして、薩摩と長州を
なかなおりさせ、倒幕の大きな力となった。

「アメリカっちゅうおっきな国《くに》は、この海《うみ》の先《さき》の先《さき》にあるんじゃのう。いつか行《い》ってみたいもんじゃ。」

坂本竜馬《さかもとりょうま》は桂浜《かつらはま》の浜辺《はまべ》にこしをおろし、はてしなくひろがる海《うみ》をながめた。

竜馬《りょうま》の脳裏《のうり》には、剣術修行中《けんじゅつしゅぎょうちゅう》に江戸《えど》で見《み》たアメリカの軍艦《ぐんかん》がうかんでいた。

「あんなたいそうなもんをつくる国《くに》とは、いったいどんな国《くに》なんやろかのう。」

当時《とうじ》、二百年《ねん》ものあいだ、外国《がいこく》と交流《こうりゅう》をもたずに鎖国《さこく》をつづけていた日本《にっぽん》は、アメリカの軍艦《ぐんかん》、黒船《くろふね》が開国《かいこく》をもとめて来航《らいこう》して以来《いらい》、日本中《にほんじゅう》が開国賛成《かいこくさんせい》派《は》と反対派《はんたいは》にわかれて、はげしくゆれうごいていた。

竜馬《りょうま》のまわりでは開国反対《かいこくはんたい》の攘夷派《じょういは》が多数《たすう》をしめ、竜馬《りょうま》も攘夷派《じょういは》の一員《いちいん》としてうごいていた。

「このままでは、日本《にっぽん》は外国《がいこく》の植民地《しょくみんち》になってしまうかもしれん。そうならんためにも、われわれが一致団結《いっちだんけつ》して国《くに》を守《まも》るために立《た》ちあがり、外国《がいこく》の勢力《せいりょく》をうちはらうしか方法《ほうほう》はない！　外国《がいこく》のいいなりになっちゅう幕府《ばくふ》に、もう未来《みらい》はないぜよ。」

「たしかにそうかもしれんが、しょうじき、わしにはどうしてもあんなでっかい船《ふね》をもつ国《くに》に、いまの日本《にっぽん》が勝《か》てるとは思《おも》えんき。もっとほかに方法《ほうほう》はないもんじゃろうか。」

「そんなのんきなことをいっている場合《ばあい》じゃないぜよ、竜馬《りょうま》！　いますぐにでも立《た》ちあがらんとおそいぞ！」

「そうやけんども……。」

竜馬自身《りょうまじしん》も、日本《にっぽん》がわかれ道《みち》に立《た》っていることは、痛《いた》いほど感《かん》じていた。日《にっ》本《ぽん》のため、自分《じぶん》はなにができるのかと思《おも》う気持《きも》ちは、みなとおなじだった。

しかし、なかまたちが熱《あつ》く語《かた》る攘夷《じょうい》には、どうも首《くび》をかしげてしまう。

「うちはらうだの、戦争《せんそう》だの、そんな方法《ほうほう》しかないんじゃろか。ケンカせんで国《くに》を守《まも》る方法《ほうほう》はないもんかのう。」

竜馬《りょうま》にはどうしても、ただ外国勢《がいこくぜい》を命《いのち》がけで排除《はいじょ》していくことが、日本《にっぽん》の未《み》来《らい》のためになるとは思《おも》えなかったのである。

翌年《よくねん》、竜馬《りょうま》はふたたび江戸《えど》へでむいた。

「土佐藩《とさはん》の中《なか》だけにいては、いま日本《にっぽん》がどうなっちょるかわからん。わしはもっとでっかい視野《しや》で日本《にっぽん》を、世界《せかい》を見《み》てみたいき。」

そう考《かんが》えた竜馬《りょうま》は、故郷《こきょう》をすてる覚悟《かくご》で脱藩《だっぱん》し、旅《たび》をしながら、自分《じぶん》の目《め》でいまの日本《にっぽん》を見《み》てまわった。そこで感《かん》じたのは、外国《がいこく》と不平等《ふびょうどう》な条約《じょうやく》をむすんだ幕府《ばくふ》をたおして外国《がいこく》をうちはらおう、という攘夷《じょうい》の考《かんが》えが、日本《にっぽん》の各地《かくち》で高《たか》まっていることであった。

「このままいくと日本中《にほんじゅう》で戦《いくさ》がはじまってしまう。そうならんようにするためにはいったいどうしたらいいがか。」

竜馬《りょうま》は、毎日毎日《まいにちまいにち》考《かんが》えつづけた。そして、ふと思《おも》った。

「いくら力《ちから》が弱《よわ》くなったちゅうても、まだ日本《にっぽん》をうごかしているのは幕府《ばくふ》じゃき。幕府《ばくふ》がどう考《かんが》えちょるのか、幕府側《ばくふがわ》の人《ひと》からも話《はなし》をきかんといかん。」

竜馬《りょうま》はそう考《かんが》え、幕府《ばくふ》の役人《やくにん》であった勝海舟《かつかいしゅう》に会《あ》いに行《い》くことにした。勝《かつ》は、幕府《ばくふ》いちばんの外国通《がいこくつう》で、もっともすすんだ開国論者《かいこくろんしゃ》らしい。

「もしも勝海舟《かつかいしゅう》どのが、日本《にっぽん》の行《ゆ》く末《すえ》を考《かんが》えもせず、ただやみくもに開国《かいこく》をおしすめているだけの人《ひと》やったら、その場《ば》で斬《き》ることになるかもしれん。」

生《う》まれてはじめて人《ひと》を斬《き》ることになるかもしれない。竜馬《りょうま》はひそかにそんな覚悟《かくご》をして、勝海舟《かつかいしゅう》のもとをたずねたのである。

勝海舟《かつかいしゅう》の屋敷《やしき》をおとずれた竜馬《りょうま》に、勝海舟《かつかいしゅう》は開口一番《かいこういちばん》、にやっと笑《え》みを見《み》せながらこういった。

「おまえさん、さてはおれを斬《き》りにきたね。」

「いや……。」

竜馬《りょうま》は思《おも》わずぎくっとした。

「ははは、図星《ずぼし》だね。坂本《さかもと》くんといったっけ？　まあ斬《き》るのは話《はなし》をきいてからでもおそくはない。とりあえずはあがんな。」

歯《は》ぎれのいい江戸弁《えどべん》でそういうと、海舟《かいしゅう》は、地球儀《ちきゅうぎ》などをおいた居間《いま》へと竜《りょう》馬《ま》を案内《あんない》した。

「おまえさんは黒船《くろふね》におどされ、相手《あいて》のいわれるがままにアメリカと条約《じょうやく》をむすんだ幕府《ばくふ》をけしからんと思《おも》っている。それでこの勝《かつ》を斬《き》りにきたんだろ？　その気持《きも》ちはわかるよ。しかし、いまの日本《にっぽん》の実力《じつりょく》で外国《がいこく》の軍艦《ぐんかん》をおいはらうことなんて、はたしてできるかね。」

「それは……。」

竜馬《りょうま》はこたえることができなかった。それは竜馬自身《りょうまじしん》がずっと考《かんが》えていたことでもあった。

「いいかい。どう考《かんが》えても、おまえさんたちがさけんでいる攘夷《じょうい》なんてできるわけないよ。だってまるで大人《おとな》と赤《あか》ん坊《ぼう》のケンカだもの。くやしいけれどそれが現実《げんじつ》さ。だからいまは外国《がいこく》に頭《あたま》をさげるしかないのさ。」

「では、このまま指《ゆび》をくわえて見《み》ていろっちゅうわけですか。」

「いいや、そんなこといってねえよ。方法《ほうほう》はあるぜ、ひとつだけ。」

「ひとつだけ？」

「ああ。海軍《かいぐん》さ。いっこくもはやく一人前《いちにんまえ》の海軍《かいぐん》をつくって、へたに外国《がいこく》が攻《せ》めいってこられないような軍備《ぐんび》をととのえる。それしか方法《ほうほう》はないよ。」

「海軍《かいぐん》を強《つよ》くするっちゅうても、どうやってそうするがですか。」

「貿易《ぼうえき》よ。開国《かいこく》して外国《がいこく》と貿易《ぼうえき》をすれば金《かね》が手《て》にはいる。その金《かね》で外国《がいこく》から黒《くろ》船《ふね》のような船《ふね》を買《か》うのさ。」

「しかしそんなことをしては、攘夷《じょうい》をとなえてる者《もの》たちが、だまっておりませんろ。」

「まあね。でもいまやろうとしている攘夷《じょうい》じゃあ、ぎゃくに国《くに》をほろぼすだけなのはたしかだよ。ただ攘夷《じょうい》にだって、ほかの方法《ほうほう》があるってことさ。おれがいっているのは、戦《たたか》わずに、頭《あたま》で国《くに》を守《まも》る攘夷《じょうい》のやりかただよ。」

「しかし、そんなうまく海軍《かいぐん》に人《ひと》があつまりますろうか。」

「いまの日本《にっぽん》じゃあ、下士《かし》は下士《かし》、百姓《ひゃくしょう》は百姓《ひゃくしょう》にしかなれねえ。これじゃあ、だれもがんばろうなんて思《おも》わねえよなあ。おれはこの目《め》で外国《がいこく》の国々《くにぐに》を見《み》てきた。アメリカには日本《にっぽん》のような身分《みぶん》の差《さ》はねえ。能力《のうりょく》のあるものが上《うえ》に立《た》ち、国《くに》をうごかすんだ。海軍《かいぐん》も身分《みぶん》は関係《かんけい》ねえ。やる気《き》のあるやつはどんどんうけいれていく。世界《せかい》はひろいんだ、いまこそ日本《にっぽん》はふみださなければならねえ。」

勝海舟《かつかいしゅう》は、竜馬《りょうま》がどんな質問《しつもん》をしても、すらすらとよどみなくこたえた。海《うみ》にかこまれたわが国《くに》を守《まも》り、外国《がいこく》と対等《たいとう》にむきあっていくためには、開国《かいこく》して外国《がいこく》と貿易《ぼうえき》をしながら海軍《かいぐん》を強《つよ》くするのみ。そう語《かた》る海舟《かいしゅう》の話《はなし》に、竜馬《りょうま》はいつのまにかひきこまれていた。いままでずっと心《こころ》の中《なか》でうごめいていたもやもやが、一瞬《いっしゅん》にしてふきとんだような気《き》がした。

「そうじゃ、これじゃ。わしがずっともとめていたこたえは！」

竜馬《りょうま》はとつぜん両手《りょうて》をつき、ふかぶかと頭《あたま》をさげながらこうさけんだ。

「勝先生《かつせんせい》！　わしを弟子《でし》にしてくだされ！」

「おいおい、なんだい、いきなり。おっどろいたねえ。」

「先生《せんせい》のいうとおり、わしはことによっては今日《きょう》、先生《せんせい》を斬《き》るつもりでおりました。しかし、先生《せんせい》の話《はなし》をきいてわかったがです。わしはまちがっちょりました。先生《せんせい》の話《はなし》には、わしの知《し》りたかったこたえがすべてあった。これからは、坂本竜馬《さかもとりょうま》を先生《せんせい》の手足《てあし》として、はたらかしてつかあさい！」

「ああ、いいよ。それじゃあこれから、おれのかわりにいっぱいうごいてもらうよ。」

これが坂本竜馬《さかもとりょうま》と勝海舟《かつかいしゅう》の運命《うんめい》の出会《であ》いであった。このひとつの出会《であ》いが、幕末《ばくまつ》の日本《にっぽん》を大《おお》きくうごかしていくことになるのである。

自分《じぶん》のすすむべき道《みち》を見《み》つけた竜馬《りょうま》は、まるで水《みず》をえた魚《うお》のように勝海舟《かつかいしゅう》の下《した》ではたらいた。勝《かつ》とともに、神戸《こうべ》に海軍《かいぐん》の操練所《そうれんじょ》、そして海軍塾《かいぐんじゅく》をつくった。長崎《ながさき》では、土佐《とさ》を脱藩《だっぱん》したなかまたちと亀山社中《かめやましゃちゅう》という会社《かいしゃ》をつくり、物産《ぶっさん》や武器《ぶき》の貿易《ぼうえき》をはじめた。

「いままでの身分《みぶん》や制度《せいど》や考《かんが》えかたにしばられていては、なんもはじまらん！そんなもんは全部《ぜんぶ》すてさり、いま一度《いちど》、日本《にっぽん》を洗濯《せんたく》するんじゃき！」

竜馬《りょうま》の思《おも》いは、ただこの一心《いっしん》のみであった。

そして竜馬《りょうま》には、身分《みぶん》や立場《たちば》にかんけいなく、人《ひと》の心《こころ》をつかんでしまう不思《ふし》議《ぎ》な魅力《みりょく》があった。

「坂本竜馬《さかもとりょうま》という男《おとこ》はおもしろいやつじゃのう。そしてあんなに日本《にっぽん》のことを強《つよ》く思《おも》うちょるやつはなかなかいない。坂本《さかもと》さんなら、本当《ほんとう》に日本《にっぽん》をかえることができるかもしれんのう。」

新《あたら》しい日本《にっぽん》の国《くに》を夢《ゆめ》に見《み》つづけて全国《ぜんこく》をうごきまわった竜馬《りょうま》は、行《ゆ》く先々《さきざき》で多《おお》くの人《ひと》の心《こころ》をうごかした。

そして、そんな竜馬《りょうま》の想《おも》いが、歴史的《れきしてき》なできごとをおこす。

「日本中《にほんじゅう》が一致団結《いっちだんけつ》しないと新《あたら》しい日本《にっぽん》はつくれん。どうにか薩摩《さつま》と長州《ちょうしゅう》を仲《なか》なおりさせたい。」

そう考《かんが》えた竜馬《りょうま》によって、当時《とうじ》日本《にっぽん》の二大勢力《だいせいりょく》であり、犬猿《けんえん》の仲《なか》であった長《ちょう》州藩《しゅうはん》と薩摩藩《さつまはん》が、手《て》をむすんだのである。

「薩摩《さつま》と長州《ちょうしゅう》が同盟《どうめい》をむすんでくれた。これでもうだいじょうぶじゃ。日本《にっぽん》の夜《よ》あけはすぐそこぜよ！」

竜馬《りょうま》は泣《な》いて喜《よろこ》んだのだった。

しかし、竜馬《りょうま》が新《あたら》しい日本《にっぽん》を目《め》にすることはかなわなかった。日本《にっぽん》が、竜馬《りょうま》の思《おも》い描《えが》く新《あたら》しい時代《じだい》へとあゆみはじめようとした矢先《やさき》、坂本竜馬《さかもとりょうま》はなにものかにおそわれ、三十三歳《さい》の短《みじか》い生涯《しょうがい》をとじた。

竜馬《りょうま》の死後《しご》、政権《せいけん》は正式《せいしき》に幕府《ばくふ》から朝廷《ちょうてい》にうつり、江戸城《えどじょう》は薩摩《さつま》・長州連合《ちょうしゅうれんごう》軍《ぐん》に、一滴《いってき》の血《ち》もながすことなくあけわたされた。

日本中《にほんじゅう》をまきこむような戦争《せんそう》にならずに新《あたら》しい明治政府《めいじせいふ》をつくることができたのは、戦《いくさ》をせずとも日本《にっぽん》を生《う》まれかわらせることができると考《かんが》えた、竜馬《りょうま》の信念《しんねん》があったからであった。

国《くに》の未来《みらい》に大《おお》きな道《みち》しるべをさししめし、日本《にっぽん》のあたらしい夜《よ》あけとともにこの世《よ》をさった坂本竜馬《さかもとりょうま》。彼《かれ》はまさに、日本《にっぽん》を新時代《しんじだい》へとみちびくために生《う》まれてきた、時代《じだい》の申《もう》し子《ご》だったのであろう。

齋藤孝の
偉人《いじん》
かいせつ

# 坂本竜馬《さかもとりょうま》と
# 勝海舟《かつかいしゅう》

「外国人《がいこくじん》やその味方《みかた》は斬《き》ってしまえ。」という攘夷《じょうい》論《ろん》をもっていた坂本竜馬《さかもとりょうま》を、「これからは外国《がいこく》から学《まな》ぶことが大事《だいじ》。」と、勝海舟《かつかいしゅう》はさとしたんだね。「海軍《かいぐん》をもつことで、ぎゃくに外国《がいこく》と戦争《せんそう》しなくてすむ。」とね。それで考《かんが》えをあらためた竜馬《りょうま》は、海《かい》舟《しゅう》の弟子《でし》となって活躍《かつやく》するわけだ。竜馬《りょうま》がいたから、いろんなことが明治維新《めいじいしん》にむけてうごいていくんだけれど、それがどううごくのかがじつは大事《だいじ》なところで、その大《おお》きなすじみちのヒントを海舟《かいしゅう》があたえていたんだね。

彼《かれ》らのように人《ひと》と人《ひと》とが出会《であ》って、考《かんが》えがかわっていくことって、大事《だいじ》だと思《おも》うんだ。自分《じぶん》の考《かんが》えだけにこりかたまるのはよくないんだね。もっと出会《であ》いをもとめて、敵《てき》だと思《おも》っているような人《ひと》とも話《はなし》をしてみると、新《あたら》しい発見《はっけん》があるかもしれないよ。そういった柔軟《じゅうなん》さがあったからこそ、日本《にっぽん》は開国《かいこく》し、近代化《きんだいか》できた。竜馬《りょうま》のような、人《ひと》と話《はな》すことで気《き》づいていくコミュニケーション力《りょく》や柔軟《じゅうなん》さを、ぜひ学《まな》んでほしいな。

日本《にっぽん》を新《あたら》しい時代《じだい》へとうごかした、かげの立《た》て役者《やくしゃ》

# 吉《よし》田《だ》松《しょう》陰《いん》

吉田松陰（1830 ～ 1859 年）
幕末の志士であり、思想家。長州で松下村塾を
ひらき、高杉晋作や山県有朋、伊藤博文など、
倒幕と、その後の明治維新をささえる人物を教育し、
日本の歴史に大きな影響をあたえた。

「先生《せんせい》、黒船《くろふね》を実際見《じっさいみ》たっつーのはまことのことでありますか。」

「ああ、見《み》た。このまなこで、しかと。」

「やはり黒船《くろふね》というやつは、そんなに立派《りっぱ》なものなのでありますか。」

「ああ。はじめて見《み》たとき、わたしはしばしのあいだうごけんかった。いままで見《み》たことないほど、大《おお》きくみごとであった。で、思《おも》った。こんなすごいものをつくれるほど、異国《いこく》は文明《ぶんめい》が発達《はったつ》しているのかとな。それで痛感《つうかん》したのじゃ。日本《にっぽん》はこのまま鎖国《さこく》していては、いつか外国《がいこく》に占領《せんりょう》されてしまうだろうと。だからわたしは、日本《にっぽん》を守《まも》るために、まずは敵《てき》を知《し》るべしと、黒船《くろふね》にのりこんで外国《がいこく》へ行《い》ってみようとこころみたわけだ。残念《ざんねん》ながら、かなわなかったけんども、まだあきらめてはおらんぞよ。」

「先生《せんせい》、わたくしもいつか黒船《くろふね》とやらを見《み》てみたいものです。」

「うむ、そうだな。百聞《ひゃくぶん》は一見《いっけん》にしかず。ただ知識《ちしき》として知《し》っているのと、実《じっ》際《さい》に見《み》るのとは大《おお》ちがいじゃからな。」

うなずきながら吉田松陰《よしだしょういん》は、塾生《じゅくせい》に問《と》いかけた。

「ところできみはなぜ、学問《がくもん》をするのかね？」

「文字《もじ》を読《よ》めるようになって、本《ほん》がたくさん読《よ》みたいのです。」

「ふむ。文字《もじ》が読《よ》めることは人間《にんげん》としてとても大切《たいせつ》なことだ。しっかり勉強《べんきょう》なされよ。ただし、学者《がくしゃ》ではないのだから学《まな》ぶだけではいかん。学《まな》んだことは、かならず実行《じっこう》にうつさなければならない。学《まな》びをいかして、どううごくか。それがなによりも、もっとも大切《たいせつ》なことぞ。」

松陰《しょういん》はやさしくほほえみながら、塾生《じゅくせい》をさとした。

ここは長州《ちょうしゅう》の萩《はぎ》。吉田松陰《よしだしょういん》がひらいた松下村塾《しょうかそんじゅく》には、松陰《しょういん》の講義《こうぎ》をきこうと毎日《まいにち》のように多《おお》くの若者《わかもの》があつまっていた。

松陰《しょういん》の塾《じゅく》は、ほかの塾《じゅく》とはまるでちがった。『孟子《もうし》』や『論語《ろんご》』など、知識《ちしき》や教養《きょうよう》を教《おし》えるだけでなく、さまざまな問題《もんだい》について、塾生《じゅくせい》と松陰《しょういん》がいっしょに意見《いけん》を交換《こうかん》しあいながら考《かんが》えていくやりかたをとっていた。

松陰《しょういん》は、しばしば自分《じぶん》が経験《けいけん》したことを塾生《じゅくせい》たちに話《はな》してきかせた。

遊学先《ゆうがくさき》の長崎《ながさき》ではじめて南蛮人《なんばんじん》と会《あ》ったときの、なんとも不思議《ふしぎ》な心《こころ》もちと気持《きも》ちの高《たか》ぶり……。友《とも》との約束《やくそく》を守《まも》るためだけに、死罪《しざい》になるほど重罪《じゅうざい》である脱藩《だっぱん》をしたこと……。横浜《よこはま》に来航《らいこう》していた黒船《くろふね》を間近《まぢか》で見《み》て、それはもう度《ど》肝《ぎも》をぬかれたこと……。そしてなんとしてでも外国《がいこく》に行《い》こうと二度《ど》も密航《みっこう》をこころみて失敗《しっぱい》し、牢獄《ろうごく》にいれられたこと……などなど。

松陰《しょういん》は自分《じぶん》が見《み》てきいたこと、そして実際《じっさい》に行動《こうどう》してえたこと、感《かん》じたことを、つつみかくさず塾生《じゅくせい》たちに教《おし》えた。そして口《くち》ぐせのように、ひとりひとりに語《かた》りかけた。

「何事《なにごと》も、志《こころざし》がすべての源《みなもと》になる。自分《じぶん》だけの志《こころざし》をもつために、学問《がくもん》をせよ。そして実行《じっこう》せよ。」

そんな松陰《しょういん》の言葉《ことば》や行動《こうどう》に、塾生《じゅくせい》たちは心《こころ》をゆさぶられ、ひきつけられていくのだった。

日々《ひび》語《かた》りあうなかで、みなの熱《ねつ》がもっとももはいるのが、日本《にっぽん》の行《ゆ》く末《すえ》について話《はな》しあっているときであった。黒船《くろふね》が来航《らいこう》してからというもの、外国船《がいこくせん》がたびたび日本《にっぽん》の港《みなと》へやってきては開国《かいこく》を要求《ようきゅう》しているという情報《じょうほう》は、江戸《えど》からずいぶんとはなれた長州《ちょうしゅう》にも知《し》れわたっていた。

「先生《せんせい》は、日本《にっぽん》は開国《かいこく》すべきだとお考《かんが》えですか。」

「幕府《ばくふ》はどのように考《かんが》えているのでしょうか。」

「外国《がいこく》から攻《せ》めいられた場合《ばあい》、どう行動《こうどう》するのがもっともよい策《さく》だと思《おも》われますか。」

塾生《じゅくせい》たちから、やつぎばやに質問《しつもん》がとぶ。そのたび、自分《じぶん》をとりかこむ塾生《じゅくせい》たちの顔《かお》をひととおり見《み》わたしてから、松陰《しょういん》は強《つよ》く熱《ねつ》のこもった声《こえ》でいうのだった。

「日本《にっぽん》はいま、大《おお》きなわかれ道《みち》に立《た》たされている。異国《いこく》と対等《たいとう》にわたりあうためには、わたしは開国《かいこく》すべきと考《かんが》える。しかし、国《くに》を守《まも》ることもままならぬいま、もし異国《いこく》に攻《せ》めいられたら、日本《にっぽん》になす術《すべ》はあるまい。にもかかわらず、

なんの策《さく》もうたず、幕府《ばくふ》は異国相手《いこくあいて》におろおろしているばかり。もはや幕府《ばくふ》は死《し》んでいるのとおなじだ。頼《たよ》りにならん。」

松陰《しょういん》の声《こえ》に、さらに熱《ねつ》がこもった。

「この窮地《きゅうち》を脱《だっ》するには、いっそすべての志士《しし》が天皇《てんのう》のもとに一致団結《いっちだんけつ》して、異国《いこく》の攻撃《こうげき》から日本《にっぽん》を守《まも》るのが得策《とくさく》だとわたしは考《かんが》える。そのためには、われらひとりひとりが、志《こころざし》をもって立《た》ちあがらねばならん。」

それから数《すう》か月《げつ》がたった一八五八年《ねん》七月《がつ》。幕府《ばくふ》が天皇《てんのう》の許可《きょか》もえず、無断《むだん》でアメリカとの修好通商条約《しゅうこうつうしょうじょうやく》をむすんだとの情報《じょうほう》が日本中《にほんじゅう》をかけめぐった。

その知《し》らせを耳《みみ》にしたとき、日《ひ》ごろ温厚《おんこう》な松陰《しょういん》が、めずらしく顔《かお》を真《ま》っ赤《か》にして怒《おこ》った。

「なんとおろかな！　あきらかに不平等《ふびょうどう》な条約《じょうやく》にもかかわらず、天皇《てんのう》の許《ゆる》しもなしで、相手《あいて》のいわれるがままに調印《ちょういん》したとは！　このままでは異国《いこく》になめられるだけではないか。幕府《ばくふ》は日本《にっぽん》をいかにしようとしておるのじゃ、まったく情《なさ》けない！」

「先生《せんせい》。すこし落《お》ちついてはいかがですか。」

塾生《じゅくせい》たちが必死《ひっし》になだめようとするも、

「これが落《お》ちついてなどいられるか！　長州藩《ちょうしゅうはん》も長州藩《ちょうしゅうはん》じゃ。幕府《ばくふ》のうごきを見《み》ていながら、なぜなにもうごかぬのじゃ。見《み》て見《み》ぬふりは、いくじなしとおなじ！」

とまくしたてた。

数日後《すうじつご》、松陰《しょういん》は、あつまった塾生《じゅくせい》たちを前《まえ》にして宣言《せんげん》した。

「今回《こんかい》の日米修好通商条約調印《にちべいしゅうこうつうしょうじょうやくちょういん》にあたり、幕府《ばくふ》へ抗議《こうぎ》の意《い》をあらわすため、老中《ろうじゅう》の間部詮勝《まなべあきかつ》を暗殺《あんさつ》いたす！」

とつぜんの暗殺計画《あんさつけいかく》に、しずかにきいていた塾生《じゅくせい》たちのあいだにざわめきがおこった。

「いきなり、それはあまりにもたいそうな話《はなし》では。」

「それに先生《せんせい》、なぜ間部氏《まなべし》なのでありますか。条約《じょうやく》に調印《ちょういん》したのは、大老《たいろう》、井伊直弼《いなおすけ》であるはず。」

松陰《しょういん》は腕組《うでぐ》みをしながらこたえた。

「井伊直弼《いいなおすけ》を暗殺《あんさつ》しようとくわだてている藩《はん》は、ほかにもあるときく。それならば、われらのねらいは井伊氏《いいし》の側近《そっきん》であり、われら志士《しし》をきびしくとりしまろうとしている間部詮勝《まなべあきかつ》だ。」

「しかし先生《せんせい》。この策《さく》はさすがにゆきすぎなのでは……。いまは時機《じき》ではないと思《おも》いまするが……。」

松陰《しょういん》は両手《りょうて》でひざをうち、声《こえ》を大《おお》きくした。

「いまが時機《じき》でないと申《もう》すのは、死《し》ぬ覚悟《かくご》をしてまで敵《てき》をうち破《やぶ》る気概《きがい》がないのとおなじこと。わたしはつねづね、実行《じっこう》せよとうったえてきた。志士《しし》として、日本《にっぽん》のため、大義《たいぎ》のために、いままさに立《た》ちあがるときぞ！　同志諸君《どうししょくん》。わたしとともに忠義《ちゅうぎ》をつくそうぞ。」

塾生《じゅくせい》たちは必死《ひっし》に反対《はんたい》をしたが、松陰《しょういん》はきかなかった。国《くに》の行《ゆ》く末《すえ》を思《おも》うと、じっとしてなどいられなかったのだ。

そして松陰《しょういん》は、その場《ば》で藩《はん》にあてて血判状《けっぱんじょう》を書《か》きあげ、暗殺《あんさつ》に必要《ひつよう》な武器《ぶき》や弾薬《だんやく》の調達《ちょうたつ》をもうしいれた。

自分《じぶん》の命《いのち》をかけて日本《にっぽん》の目《め》をさまさせようとした松陰《しょういん》の計画《けいかく》は、けっきょく多《おお》くの反対《はんたい》にあい、実行《じっこう》されることはなかった。

ところが、松陰《しょういん》は危険《きけん》な思想《しそう》をもつ人物《じんぶつ》として牢獄《ろうごく》にいれられ、松下村塾《しょうかそんじゅく》は閉鎖《へいさ》された。

そしてその後《ご》、松陰《しょういん》は江戸《えど》へと護送《ごそう》される。老中暗殺《ろうじゅうあんさつ》を計画《けいかく》したとして死罪《しざい》がいいわたされ、処刑《しょけい》されたのである。三十歳《さい》の若《わか》さであった。

松陰《しょういん》は、自分《じぶん》の身《み》をあやうくするとわかっていながらも、処刑《しょけい》される瞬間《しゅんかん》まで、倒幕《とうばく》・開国《かいこく》こそが日本《にっぽん》のとるべき道《みち》だと主張《しゅちょう》することをやめなかった。それこそが、日本《にっぽん》の未来《みらい》のために自分《じぶん》がなすべきことだと信《しん》じていたからだった。

処刑《しょけい》の当日《とうじつ》も、松陰《しょういん》はいつものようすとまるでかわらなかった。

「今日《きょう》はいい天気《てんき》じゃのう。」

ゆっくりとお茶《ちゃ》を飲《の》みながら、見《み》はり役《やく》の者《もの》ににこやかに話《はな》しかけた。そして処刑場《しょけいじょう》へと移動《いどう》すると、

「お役目《やくめ》ご苦労《くろう》さまです。」

と、首《くび》きり役人《やくにん》にふかぶかとお辞儀《じぎ》をして、ぴんと背筋《せすじ》をのばし、この世《よ》をさっていったのである。

松陰《しょういん》が松下村塾《しょうかそんじゅく》で講義《こうぎ》をおこなっていたのは、わずか二年《ねん》あまりにすぎなかった。しかし、日本《にっぽん》を思《おも》い、志《こころざし》をもって生《い》きることを身《み》をもって教《おし》えた松《しょう》陰《いん》の影響力《えいきょうりょく》は、はかりしれないものがあった。

『身《み》はたとい　武蔵《むさし》の野辺《のべ》に朽《く》ちぬとも　留《とど》めおかまし　大和魂《やまとだましい》』

（この身《み》はたとえ武蔵野《むさしの》の地《ち》で朽《く》ちはてようとも、わたしの大和魂《やまとだましい》は永遠《えいえん》にとどまって日本《にっぽん》のためにつくすのだ。）

死《し》の直前《ちょくぜん》の牢屋敷《ろうやしき》のなかで、この句《く》ではじまる魂《たましい》のこもった遺書《いしょ》を、松陰《しょういん》は松下村塾《しょうかそんじゅく》の門下生《もんかせい》たちにあてて書《か》きのこした。

この遺書《いしょ》は、松下村塾《しょうかそんじゅく》にあつまった者《もの》たちのバイブルとなる。そして、高杉《たかすぎ》晋作《しんさく》、久坂玄瑞《くさかげんずい》、伊藤博文《いとうひろぶみ》、山県有朋《やまがたありとも》など、松陰《しょういん》の熱《あつ》い志《こころざし》をうけついだ多《おお》くの塾生《じゅくせい》たちの手《て》によって、日本《にっぽん》は倒幕《とうばく》、明治維新《めいじいしん》へとつきすすむのである。

## ものしり偉人伝

# 明治維新《めいじいしん》をささえた平和主義者《へいわしゅぎしゃ》「木戸孝允《きどたかよし》」

吉田松陰《よしだしょういん》に教《おし》えをうけた長州《ちょうしゅう》の志士《しし》のひとりだ。幕末《ばくまつ》には、桂小五郎《かつらこごろう》と名《な》のっていた。高杉晋作《たかすぎしんさく》とともに、長州藩《ちょうしゅうはん》のリーダーだったよ。

剣《けん》の達人《たつじん》だったにもかかわらず、よけいな戦《たたか》いはなるべくさけようとした。「にげの小五郎《こごろう》」とよばれるくらい、にげるのがじょうずだったんだ。討幕《とうばく》派《は》をとりしまる新撰組《しんせんぐみ》にとりかこまれたときも「がまんできん。」とウンチをして、相手《あいて》が気《き》をとられたすきににげだしたという。長州藩《ちょうしゅうはん》が京都《きょうと》の御所《ごしょ》に攻《せ》めこんだ蛤御門《はまぐりごもん》の変《へん》でも、長州藩《ちょうしゅうはん》は負《ま》けたけど、小五郎《こごろう》はうまくにげのびたんだ。

やがて坂本竜馬《さかもとりょうま》のすすめで、薩摩藩《さつまはん》のリーダーの西郷隆盛《さいごうたかもり》となかなおりし、薩長同盟《さつちょうどうめい》をむすんだ。そして倒幕《とうばく》に成功《せいこう》するんだ。

明治政府《めいじせいふ》ができると、孝允《たかよし》はその主要《しゅよう》メンバーとなって、『五箇条《ごかじょう》の御誓文《ごせいもん》』をまとめるなど、大活躍《だいかつやく》をした。鎖国《さこく》していた朝鮮《ちょうせん》を武力《ぶりょく》で開国《かいこく》させようとした征韓論《せいかんろん》に反対《はんたい》するなど、最後《さいご》まで平和的《へいわてき》な方法《ほうほう》をとろうとした人《ひと》だよ。

齋藤孝の
偉人《いじん》
かいせつ

## 吉田松陰《よしだしょういん》

吉田松陰《よしだしょういん》は、若《わか》くして死《し》んでしまったけれど、明治維新《めいじいしん》をおしすすめた多《おお》くの人材《じんざい》をそだてた、陰《かげ》のスーパーヒーローだった！

松陰《しょういん》の歌《うた》に「かくすれば　かくなるものと　しりながら　やむにやまれぬ　大和魂《やまとだましい》」というのがある。「こうすればこうなるとわかっていながら、日本《にっぽん》のことを思《おも》うと、自分《じぶん》はやらずにはいられない。」というような意味《いみ》だ。たとえば外国《がいこく》のことを知《し》ろうと黒船《くろふね》に乗《の》りこんでつかまってしまうなど、自分《じぶん》の身《み》が危険《きけん》になるにもかかわらず、日本《にっぽん》の将来《しょうらい》を思《おも》って行動《こうどう》をおこす。そうして、そんな松陰《しょういん》の熱《あつ》い気持《きも》ちに影響《えいきょう》を受《う》けた長州《ちょうしゅう》の若者《わかもの》たちが、江戸幕府《えどばくふ》をたおして、新《あたら》しい時代《じだい》を切《き》りひらいていった。つまり「吉田松陰《よしだしょういん》の熱意《ねつい》が日本《にっぽん》をうごかした。」といってもいいんじゃないかな。明治維新《めいじいしん》の中核《ちゅうかく》に、吉田松陰《よしだしょういん》がいたんだ。

みんなも、あそびだって勉強《べんきょう》だって、大事《だいじ》なのは松陰《しょういん》のようなパッション（熱意《ねつい》）と、ミッション（使命《しめい》）だよ！

アメリカの文化《ぶんか》を日本《にっぽん》につたえた、運命《うんめい》の漂流者《ひょうりゅうしゃ》

# ジョン万次郎《まんじろう》

ジョン万次郎（1827 ～ 1898 年）
14 歳のとき、漁で漂流したところを、アメリカの
捕鯨船にたすけられ、アメリカで教育をうける。
幕末の日本に帰国後、アメリカでの知識を
日本に紹介したり、通訳として活躍した。

「シー　ブローズ！（クジラの潮《しお》ふきだ！）」

クジラを発見《はっけん》すると、マストの上《うえ》から万次郎《まんじろう》は大声《おおごえ》でさけんだ。すると船員《せんいん》たちが、いっせいにクジラの捕獲《ほかく》にとりかかる。大勢《おおぜい》で力《ちから》をあわせ、一時間《じかん》ほどかかってようやくクジラのひきあげがおわると、船員《せんいん》のひとりが万次郎《まんじろう》のもとへやってきた。

「ヘイ！　ジョン・マン。おまえの合図《あいず》は、いつもどんぴしゃのタイミングだよ。グッジョブ！」

「センキュ。」

万次郎《まんじろう》はすこしはにかみながら、ありがとうとお礼《れい》をいった。

クジラをひきあげて水《みず》びたしになった甲板《かんぱん》の掃除《そうじ》をひととおりおえると、万《まん》次郎《じろう》ははるかかなたまでひろがる海《うみ》をながめた。こうしていると、この捕鯨船《ほげいせん》にたすけられた日《ひ》のことが、なにか遠《とお》い日《ひ》のことのような気《き》がしてしまう。

のっていた漁船《ぎょせん》が嵐《あらし》にまきこまれ、なかまと無人島《むじんとう》にながれついたのは一年《ねん》ほど前《まえ》のことであった。命《いのち》はたすかったものの、毎日《まいにち》生《い》きのびるのに必死《ひっし》だった。飲《の》み水《みず》すらなくて、自分《じぶん》の小便《しょうべん》を飲《の》んだことも一度《いちど》や二度《にど》ではない。そんな生活《せいかつ》が半年《はんとし》ほどつづき、さすがに気力《きりょく》もつきはてそうになっていたときに、このアメリカの捕鯨船《ほげいせん》にたすけられたのだ。

「きったねえ姿《すがた》のおいらに水《みず》をさしだしてくれたとき、この人《ひと》たちはきっと神《かみ》様《さま》にちがいねえと思《おも》った。しかも水《みず》を飲《の》ませてくれただけでなく、たすけてくれた。あのときもらった恩《おん》をかえすためなら、おいらはなんだってやるさ。」

たすけられたあの日《ひ》から、万次郎《まんじろう》はそう心《こころ》にきめたのだった。

見《み》たこともないほど大《おお》きな漁船《ぎょせん》で航海《こうかい》をともにするようになってから、万次《まんじ》郎《ろう》はすこしでも役《やく》に立《た》とうと、見《み》よう見《み》まねで必死《ひっし》にはたらいた。船員《せんいん》たちがなにをいっているのかまったくわからないけれど、身《み》ぶり手《て》ぶりで必死《ひっし》にコミュニケーションをとろうと努力《どりょく》した。

そんないつもいっしょうけんめいな少年《しょうねん》、万次郎《まんじろう》の姿《すがた》に、船員《せんいん》たちも、

「おまえはけなげでかわいいヤツだなあ。」

と、ニコニコしながら頭《あたま》をなでてくれた。親《した》しみをこめて万次郎《まんじろう》を「ジョン・マン」とよぶようになり、そして積極的《せっきょくてき》に英語《えいご》や、船《ふね》の上《うえ》での仕事《しごと》を教《おし》えてくれるようになった。

貧《まず》しい漁師《りょうし》の家《いえ》に生《う》まれ、一度《いちど》も学校《がっこう》にかよったことのなかった万次郎《まんじろう》にとって、学《まな》ぶということはとても刺激的《しげきてき》で楽《たの》しいことだった。万次郎《まんじろう》は、まる

で植物《しょくぶつ》が水《みず》をぐんぐんすいあげるかのように英語《えいご》をおぼえていった。

捕鯨船《ほげいせん》での生活《せいかつ》にもだいぶ慣《な》れてきたある日《ひ》のこと。船長《せんちょう》が万次郎《まんじろう》をよびとめこういった。

「ジョン・マン。そろそろわれわれは、捕鯨《ほげい》の仕事《しごと》をきりあげてアメリカにかえろうと思《おも》う。しかしきみも知《し》っているように、日本《にっぽん》は鎖国《さこく》をしている。そのため、きみたちを無事《ぶじ》に日本《にっぽん》へかえしてあげることはむずかしい。そこでだ。帰路《きろ》のとちゅうにあるハワイという島《しま》で、きみたちをひとまずおろすことにする。ここでなら、おだやかにくらしていけるはずだ。」

船長《せんちょう》は、万次郎《まんじろう》を見《み》てつづけた。

「ただ、もしよかったら、きみはいっしょにアメリカまで来《こ》ないか？　アメリカに来《き》たら、わたしが一《いち》から勉強《べんきょう》させてあげるよ。」

「いっしょにたすけられたなかまとわかれて、自分《じぶん》だけアメリカへ……？」

とつぜんの提案《ていあん》に、万次郎《まんじろう》はすぐには返事《へんじ》ができなかった。しかし、やさしくほほえむ船長《せんちょう》の瞳《ひとみ》を見《み》て、不安《ふあん》や迷《まよ》いはすっかり消《き》えさった。むしろ、まだ見《み》ぬアメリカへの好奇心《こうきしん》が、ふつふつとわきあがってくるのを感《かん》じた。

「船長《せんちょう》さんがついていてくれるなら、なんもこわくねえ！　それより、だれも見《み》たことのないアメリカをこの目《め》で見《み》てみてえ。そんでおいら、もっともっと勉強《べんきょう》がしてえ！」

万次郎《まんじろう》はすっくと立《た》ちあがり、敬礼《けいれい》の姿勢《しせい》をとると、あらんかぎりの大《おお》きな声《こえ》でこたえた。

「イエス！　アイル　ゴー！（はい！　行《い》きます！）」

こうして万次郎《まんじろう》は、日本人《にほんじん》ではじめて、アメリカの地《ち》に足《あし》をふみいれたのだった。

わが子《こ》のように愛《あい》してくれる船長《せんちょう》のもとで、万次郎《まんじろう》は必死《ひっし》に勉強《べんきょう》をした。英《えい》語《ご》、数学《すうがく》、測量《そくりょう》、航海術《こうかいじゅつ》、造船《ぞうせん》技術《ぎじゅつ》……。万次郎《まんじろう》は学校《がっこう》を首席《しゅせき》で卒業《そつぎょう》し、捕鯨《ほげい》船《せん》で七《なな》つの海《うみ》への航海《こうかい》もはたした。アメリカへ来《き》て、十年近《ねんちか》くの歳月《さいげつ》が、あっというまにすぎていった。アメリカの生活《せいかつ》を十分《じゅうぶん》すぎるほど満喫《まんきつ》していた万次《まんじ》郎《ろう》だったが、母国《ぼこく》への思《おも》いは消《き》えることはなかった。

「アメリカはすばらしい。なにもかもが日本《にっぽん》よりすぐれているし、発展《はってん》している。船長《せんちょう》には感謝《かんしゃ》してもしきらんほどじゃ。けんど、もう一度《いちど》だけでもいいから、日本《にっぽん》をこの目《め》で見《み》てみてえなあ。」

万次郎《まんじろう》は、なやんだあげく日本《にっぽん》への帰国《きこく》を決意《けつい》した。その決意《けつい》を船長《せんちょう》に報告《ほうこく》すると、

「息子《むすこ》よ。自分《じぶん》できめたことなら何《なに》もいわないよ。」

船長《せんちょう》は、さびしさをこらえながらも、あたたかく万次郎《まんじろう》をおくりだしてくれた。

「船長《せんちょう》さん。おいら、この恩《おん》はぜってえむだにはしません。船長《せんちょう》さんのこと、わすれません。本当《ほんとう》に本当《ほんとう》に、ありがとうございました！」

万次郎《まんじろう》は大粒《おおつぶ》の涙《なみだ》をながしながら、ふかぶかと頭《あたま》をさげた。

三年《ねん》の月日《つきひ》をかけて、決死《けっし》の覚悟《かくご》でかえってきた万次郎《まんじろう》をまちうけていたものは、鎖国《さこく》ではなく、開国《かいこく》にゆれる日本《にっぽん》だった。

死罪《しざい》も覚悟《かくご》しての帰国《きこく》だったが、英語《えいご》が話《はな》せてアメリカの事情《じじょう》に長《た》けている万次郎《まんじろう》は、死罪《しざい》どころか武士《ぶし》の身分《みぶん》をあたえられ、開国《かいこく》へとむかう日本《にっぽん》にとって、なくてはならない存在《そんざい》となった。

「おいらができることは、日本《にっぽん》の人々《ひとびと》に真実《しんじつ》のアメリカの姿《すがた》を紹介《しょうかい》することだ。アメリカがけっしておそろしい国《くに》ではないことを、みんなにわかってもらわねばならん。おいらをそだててくれた船長《せんちょう》さんのためにも！」

万次郎《まんじろう》は通訳《つうやく》として江戸《えど》へ行《い》き、幕府《ばくふ》につかえ、流暢《りゅうちょう》な英語《えいご》でアメリカとの架《か》け橋《はし》になった。万次郎《まんじろう》の家《いえ》にはアメリカの話《はなし》をきこうと、国《くに》の行《ゆ》く末《すえ》を思《おも》う人々《ひとびと》がひっきりなしにおとずれるようになった。そのたびに、

「アメリカでは身分《みぶん》の差《さ》はありません。ボスも、民《たみ》の投票《とうひょう》できめるがです。」

「民《たみ》が殿《との》をきめる、ということですか？」

「イエス！　しかもだれでもボスになる権利《けんり》がある。われこそが、という者《もの》たちが立候補《りっこうほ》をし、そのなかから、みなできめるがです。」

「アメリカにはライトっちゅうもんがあります。夜《よる》でも、家《いえ》のなかや道《みち》を昼《ひる》のように明《あか》るくてらしてくれるもんです。」

「アメリカでは男《おとこ》も女《おんな》もありません。つねに平等《びょうどう》でおなじように仕事《しごと》もするし、勉強《べんきょう》もする。女性《じょせい》だって出世《しゅっせ》をすることもできるがです。」

と、万次郎《まんじろう》は自分《じぶん》の知《し》っていることはだれにでも、なんでも教《おし》えた。

それと同時《どうじ》に、開国《かいこく》の必要性《ひつようせい》を幕府《ばくふ》にうったえつづけた。

「わたくしは日本《にっぽん》とアメリカどちらのよさも知《し》っております。アメリカの文化《ぶんか》をとりいれることは、かならずや日本《にっぽん》の発展《はってん》におおいに役立《やくだ》ちましょう。」

万次郎《まんじろう》がアメリカからもちかえった知識《ちしき》は、日本《にっぽん》を大《おお》きくうごかすことになった。西洋《せいよう》の事情《じじょう》をつたえきいた坂本竜馬《さかもとりょうま》は、「このままではいかん。」と立《た》ちあがった。福沢諭吉《ふくざわゆきち》は、万次郎《まんじろう》とともに咸臨丸《かんりんまる》にのってアメリカへとわたり、『学問《がくもん》のすすめ』を書《か》くこととなった。万次郎《まんじろう》の影響《えいきょう》をうけた多《おお》くの人《ひと》たちによって、日本《にっぽん》は長《なが》い眠《ねむ》りから目《め》をさまし、明治維新《めいじいしん》、近代日本《きんだいにほん》へとあゆみはじめたのである。

土佐《とさ》の貧《まず》しい漁師《りょうし》の子《こ》どもだった万次郎《まんじろう》。日本語《にほんご》の読《よ》み書《か》きすらまともにできなかった彼《かれ》が、日本《にっぽん》の歴史《れきし》に大《おお》きな影響《えいきょう》をあたえるような国際人《こくさいじん》となりえたのは、その前《まえ》むきさとたくましさにあった。万次郎《まんじろう》は、挫折《ざせつ》しそうな運命《うんめい》にぶつかっても、もち前《まえ》の好奇心《こうきしん》と勇気《ゆうき》で、みごとにのりこえたのである。

ものしり偉人伝

## 日本《にっぽん》を愛《あい》し、日本人《にほんじん》となった人物《じんぶつ》「小泉八雲《こいずみやくも》」

本名《ほんみょう》はラフカディオ・ハーン。ギリシア生《う》まれのイギリス人《じん》だ。日本《にっぽん》についてのたくさんの本《ほん》を書《か》いて、西洋《せいよう》に紹介《しょうかい》した人《ひと》だよ。

アメリカで新聞記者《しんぶんきしゃ》をしていたハーンは、取材《しゅざい》でおとずれた日本《にっぽん》をすっかり気《き》に入《い》ってしまい、記者《きしゃ》をやめて、島根県《しまねけん》の松江《まつえ》で英語《えいご》の先生《せんせい》をはじめたんだ。明治《めいじ》23年《ねん》のことだよ。やがて小泉《こいずみ》セツと結婚《けっこん》して長男《ちょうなん》が生《う》まれると、日本《にっぽん》に帰化《きか》して「小泉八《こいずみや》雲《くも》」となった。八雲《やくも》は、やがて東京帝国大学《とうきょうていこくだいがく》や早稲《わせ》田大学《だだいがく》の先生《せんせい》として、世界《せかい》の文学《ぶんがく》をつたえるとともに、日本《にっぽん》の文化《ぶんか》やくらしなどを取材《しゅざい》して、『知《し》られぬ日本《にっぽん》のおもかげ』や『心《こころ》』『骨董《こっとう》』などの本《ほん》を書《か》いたんだ。こうして外国人《がいこくじん》から見《み》た日本《にっぽん》や日本人《にほんじん》のいいところを、日本人《にほんじん》もふくめ、みんなに教《おし》えてくれたんだ。

また八雲《やくも》は、奥《おく》さんが夜《よる》に話《はな》してくれる日本《にっぽん》のこわい昔話《むかしばなし》がとくに好《す》きだった。そこで聞《き》いた「耳《みみ》なし芳一《ほういち》」や「雪女《ゆきおんな》」などの物語《ものがたり》をまとめたものが、有名《ゆうめい》な短編小説集《たんぺんしょうせつしゅう》『怪談《かいだん》』なんだよ。

齋藤孝の偉人《いじん》かいせつ

# ジョン万次郎《まんじろう》

漁師《りょうし》→遭難《そうなん》→アメリカ→江戸幕府《えどばくふ》→明治政府《めいじせいふ》。ジョン万次郎《まんじろう》は、すごい運命《うんめい》を生《い》きた人《ひと》だ。

それにしても難破《なんぱ》した漁船《ぎょせん》のメンバーのなかで、どうして万次郎《まんじろう》だけがアメリカへつれて行《い》かれたんだろう。それはひとつには、万次郎《まんじろう》が人《ひと》なつっこく明《あか》るい性格《せいかく》だったからなんだね。言葉《ことば》がつうじなくても、ちゃんと気持《きも》ちをやりとりできるコミュニケーション力《りょく》を見《み》こまれたんじゃないかな。そしてなおかつ、やる気《き》がある、学《まな》ぶ気持《きも》ちがあることが伝《つた》わったからだと思《おも》うんだ。

万次郎《まんじろう》は、カラカラにかわいている紙《かみ》がインクをどんどん吸《す》いとるように、アメリカの文化《ぶんか》を吸収《きゅうしゅう》した。じつは、この吸収力《きゅうしゅうりょく》というのは、日本人《にほんじん》のすぐれた潜在能力《せんざいのうりょく》だと思《おも》うんだ。毎日漁《まいにちりょう》に出《で》て、平凡《へいぼん》なくらしをしている人《ひと》だって、ひとたび外国《がいこく》へ行《い》けば、いろんなことを身《み》につけられる。

そして自分《じぶん》がえた経験《けいけん》を日本《にっぽん》にもどそうと、みんなに伝《つた》えていったというところが、ジョン万次郎《まんじろう》のすごさなんだ！

ひとりで世界《せかい》の大自然《だいしぜん》にいどんだ冒険家《ぼうけんか》

# 植村直己《うえむらなおみ》

植村直己（1941 ～ 1984?年）
明治大学山岳部で登山をはじめたのをきっかけに、
世界の大陸最高峰の山々や、北極などを冒険した。
ひとりでの冒険をこのみ、その冒険スタイルは、
現地の環境を大切にするシンプルなものだった。

夏休《なつやす》みがおわり、明治大学山岳部《めいじだいがくさんがくぶ》の部室《ぶしつ》にもひさしぶりに人《ひと》があつまり、にぎやかな笑《わら》い声《ごえ》がひびいていた。

部室《ぶしつ》のなかでは、休《やす》みのあいだにアラスカへ旅行《りょこう》し、氷河《ひょうが》の山《やま》をのぼってきたという小林《こばやし》が、その武勇伝《ぶゆうでん》を披露《ひろう》していた。

「いやあ。日本《にっぽん》の雪山《ゆきやま》もかなり迫力《はくりょく》があると思《おも》っていたけれど、むこうの山《やま》はやっぱりスケールがちがうよ。そんなに大《おお》きい山《やま》ではないのに、氷河《ひょうが》でおおわれた山《やま》がこんなにきびしいものかと、あらためて思《おも》ったね。でものぼりきったときの爽快感《そうかいかん》といったら！　いやあ、しびれた。本当《ほんとう》にいい経験《けいけん》をしたよ。」

植村直己《うえむらなおみ》は、その話《はなし》にだれよりも真剣《しんけん》に、食《く》いいるようにききいっていた。

アラスカ。写真《しゃしん》でしか見《み》たことのない高《たか》くそびえたった外国《がいこく》の山々《やまやま》……。

「いつかおれも、外国《がいこく》の山《やま》にのぼりたいなあ。いつかかならず……。」

そんなあこがれの気持《きも》ちは、しだいに直己《なおみ》のなかで「かならず実現《じつげん》してやる！」という決意《けつい》にかわっていった。それは直己《なおみ》にとって、自分《じぶん》に自信《じしん》をもつために、そして自分《じぶん》の居場所《いばしょ》を見《み》つけるために、しなければならない挑戦《ちょうせん》となったのである。

大学《だいがく》四年《ねん》の冬《ふゆ》、まわりの友人《ゆうじん》がつぎつぎと就職《しゅうしょく》の内定《ないてい》をもらってくるなか、直己《なおみ》だけは、なかなかいい返事《へんじ》がもらえないでいた。

「なんでおれだけ就職先《しゅうしょくさき》がきまらないんだ？　なんでだよ⁉」

でも、だれにも相談《そうだん》なんてできやしなかった。

「おれはどうせ体力《たいりょく》以外《いがい》なんのとりえもない、できそこないだよ。おれができることといったら、山《やま》にのぼること以外《いがい》になんにもない……。」

そんなやけっぱちな気持《きも》ちになりながら登山雑誌《とざんざっし》をながめていたとき、ページをめくる直己《なおみ》の手《て》がふと、とまった。

「そうか、その手《て》があったか！」

そうつぶやくと、直己《なおみ》は雑誌《ざっし》で特集《とくしゅう》されていたアルプスの山々《やまやま》を食《く》いいるように見《み》つめた。

それから数《すう》か月後《げつご》。

「就職《しゅうしょく》に失敗《しっぱい》して、日本《にっぽん》にいてもやることがないなら、おれは一度《いちど》でいいから外国《がいこく》の山《やま》にのぼりたい！」

直己《なおみ》はアルバイトでためた四万円《まんえん》を手《て》に、移民船《いみんせん》「あるぜんちな丸《まる》」にのりこむのである。

「むちゃなことはするな、直己《なおみ》！」

「地道《じみち》に就職活動《しゅうしょくかつどう》をがんばりなさい。」

家族《かぞく》も友人《ゆうじん》も、必死《ひっし》でとめた。しかし直己《なおみ》はきかなかった。そしてこのときから、彼《かれ》の一生《いっしょう》をかけてつづく大冒険《だいぼうけん》の人生《じんせい》がはじまったのである。

日本《にっぽん》をはなれて半年後《はんとしご》、直己《なおみ》は夢《ゆめ》にまでみたアルプスのモンブラン峰《ほう》にいた。ふたり用《よう》のテントに一週間分《しゅうかんぶん》の食料《しょくりょう》。合計《ごうけい》二十五キロ以上《いじょう》にもなるザックを背《せ》おい、ただひとりで、モンブラン峰《ほう》の頂《いただき》をめざして出発《しゅっぱつ》した。

「ハア、ハア、ハア、ハア。」

きこえるのは自分《じぶん》の呼吸《こきゅう》する音《おと》のほかには、ゴオォーとうなる風《かぜ》の音《おと》だけ。見《み》えるものは真《ま》っ白《しろ》な雪《ゆき》と空《そら》だけである。

「氷河《ひょうが》の山《やま》は、想像《そうぞう》していた以上《いじょう》にキツいな。雪《ゆき》の白《しろ》さがまぶしくて、目《め》がくらんでくる。ああ、なんでもいいから人《ひと》の声《こえ》がききたいなあ……。」

吹雪《ふぶき》の日《ひ》は孤独感《こどくかん》におしつぶされそうになりながらも、直己《なおみ》は必死《ひっし》に前《まえ》へすすんだ。しかし風《かぜ》がやんで、からりと晴《は》れた日《ひ》は元気《げんき》になった。

「おれは、あのモンブランに、いまいるんだ。ひとりでのぼってるんだ。夢《ゆめ》じゃないんだ！」

そう思《おも》うと、つかれをわすれるほどのワクワク感《かん》が、心《こころ》の底《そこ》からこみあげてくるのだった。

数日間《すうじつかん》をかけて必死《ひっし》にのぼりつづけ、ようやく頂上《ちょうじょう》が見《み》えてきた。

「あの氷河《ひょうが》をわたりきったら、頂上《ちょうじょう》はすぐそこだ！」

最後《さいご》の氷河《ひょうが》を意気揚々《いきようよう》とわたっていたときのことだった。あと数百《すうひゃく》メートルでわたりおわるというとき、直己《なおみ》はとつぜん宙《ちゅう》にういたような感覚《かんかく》におそわ

れ、つぎの瞬間《しゅんかん》、目《め》の前《まえ》が真《ま》っ暗《くら》になった。

どのくらい時間《じかん》がたったのだろうか。気《き》を失《うしな》っていた直己《なおみ》が目《め》をさますと、あたりは真《ま》っ暗闇《くらやみ》。どうやら、穴《あな》のような場所《ばしょ》で宙《ちゅう》づりになっているようだ。なんとか上《うえ》を見《み》あげると、その先《さき》にかすかな光《ひかり》が見《み》えた。

「ま、まさか……。」

いやな予想《よそう》はあたっていた。直己《なおみ》は氷河《ひょうが》にできたわれ目《め》、クレバスに落《お》ちてしまったのだ。運《うん》よく靴底《くつぞこ》のすべりどめが氷《こおり》にひっかかり、二メートルほど落下《らっか》したところでとまっていた。おそるおそる下《した》をのぞくと、そこには底《そこ》なしの暗闇《くらやみ》がひろがるばかり。

「おーい、だれかあ！」

力《ちから》のかぎりさけんでみたが、もちろんだれもいるわけがない。

「返事《へんじ》がないのはあたりまえか……。それよりここで死《し》んだら、永遠《えいえん》にだれにも気《き》づかれないぞ。……最初《さいしょ》の海外登山《かいがいとざん》で死《し》んでたまるか！」

直己《なおみ》はもっている力《ちから》をすべてふりしぼって、必死《ひっし》に氷《こおり》の壁《かべ》をよじのぼった。

そしてなんとか雪面《せつめん》にたどりついてから、へなへなとその場《ば》にしゃがみこんでしまった。

「た、たすかった……。」

そう安心《あんしん》した瞬間《しゅんかん》、一歩《いっぽ》まちがえば死《し》んでいたかもしれないという恐怖《きょうふ》で、体《からだ》がガクガクふるえだしたのである。あとすこしだと思《おも》っていた頂上《ちょうじょう》が、いまは、はるか遠《とお》くに感《かん》じてしまう。

「最初《さいしょ》からひとりでのぼろうなんて、おれは甘《あま》かった。……出《で》なおしだ。」

そうつぶやくと、直己《なおみ》は頂上《ちょうじょう》をあきらめ、ひきかえすことにした。

死《し》の恐怖《きょうふ》を一度味《いちどあじ》わったら、たったひとりでの登山《とざん》なんてこわくなるのがふつうかもしれない。しかし、植村直己《うえむらなおみ》はちがった。母校《ぼこう》の登頂隊《とうちょうたい》に参加《さんか》し、海外登山《がいとざん》の登頂《とうちょう》をはたしたあと、ふたたびたったひとりでの登山《とざん》をはじめたのである。

そして一年後《ねんご》、ついにモンブラン峰《ほう》の単独登頂《たんどくとうちょう》に成功《せいこう》したのであった。山頂《さんちょう》で、いまにも手《て》がとどきそうなほど近《ちか》い空《そら》をながめながら、直己《なおみ》はさけんだ。

「ついにやったぞー！　だれの力《ちから》もかりず、たったひとりで、モンブラン峰《ほう》をのぼりきったんだー!!」

二十五歳《さい》のときであった。

その後《ご》も直己《なおみ》の挑戦《ちょうせん》はとまらなかった。三か月後《げつご》にはアフリカ最高峰《さいこうほう》のキリマンジャロの単独登頂《たんどくとうちょう》を成功《せいこう》させ、つづいて南米最高峰《なんべいさいこうほう》のアコンカグア、日本《にほん》山岳会《さんがくかい》の隊員《たいいん》としてエベレスト、そして北米最高峰《ほくべいさいこうほう》のマッキンリーへの単独登頂《たんどくとうちょう》を成功《せいこう》させたのである。

直己《なおみ》は、世界《せかい》ではじめての五大陸最高峰《ごたいりくさいこうほう》の登頂者《とうちょうしゃ》となり、植村直己《うえむらなおみ》の名《な》は大《だい》冒険家《ぼうけんか》として世界中《せかいじゅう》に知《し》られることとなったのである。

直己《なおみ》の冒険《ぼうけん》は、登山《とざん》だけにとどまらなかった。アマゾン川《がわ》をいかだでくだったり、エスキモーと共同生活《きょうどうせいかつ》をしながら、犬《いぬ》ぞりで北極圏《ほっきょくけん》を探検《たんけん》したりした。三十七歳《さい》のときには、人類《じんるい》ではじめて、単独《たんどく》で北極点《ほっきょくてん》にたどりついた。

「あきらめないこと。どんな事態《じたい》に直面《ちょくめん》してもあきらめないこと。結局《けっきょく》、わたしのしたことは、それだけのことだったのかもしれない。」

どんなに有名《ゆうめい》になっても、だれもまねできない偉業《いぎょう》をなしとげても、直己《なおみ》はいつも謙虚《けんきょ》だった。そして最後《さいご》まで、冒険《ぼうけん》にいどみつづけた。

植村直己《うえむらなおみ》は一九八四年《ねん》二月《がつ》十二日《にち》、自分《じぶん》の四十三歳《さい》の誕生日《たんじょうび》に、世界《せかい》ではじめて真冬《まふゆ》のマッキンリー単独登頂《たんどくとうちょう》を成功《せいこう》させた。そしてその翌日《よくじつ》、消息《しょうそく》がとだえた。いまだに遺体《いたい》は発見《はっけん》されていない。

最後《さいご》の最後《さいご》まで自分《じぶん》の力《ちから》で、未知《みち》のものにいどみつづけた植村直己《うえむらなおみ》。彼《かれ》はこんな言葉《ことば》をのこしている。

「自分《じぶん》の足跡《そくせき》をのこしたい。人《ひと》の評価《ひょうか》でなく、自分《じぶん》でものをつくりだしたい。かならず壁《かべ》はある。でもそれをのりこえたとき、パッとまた新《あたら》しい世界《せかい》があります。だから、きびしく自分《じぶん》をむちうって、やっとのりこえられたときは、じつにさわやかです。」

## ものしり偉人伝

# 日本初《にっぽんはつ》の南極冒険隊《なんきょくぼうけんたい》の隊長《たいちょう》「白瀬矗《しらせのぶ》」

　明治末期《めいじまっき》、日本人《にほんじん》としてはじめて南極大陸《なんきょくたいりく》の探検《たんけん》に挑戦《ちょうせん》し、上陸《じょうりく》した探検家《たんけんか》だ。

　矗《のぶ》はもとは陸軍《りくぐん》の軍人《ぐんじん》で、千島探検隊《ちしまたんけんたい》の隊員《たいいん》だった。やがて矗《のぶ》は、軍《ぐん》をやめて、まだだれも行《い》っていない南極点《なんきょくてん》をめざそうと、みずから南極探検隊《なんきょくたんけんたい》をつくり、26名《めい》の隊員《たいいん》をあつめたんだ。そして1912年《ねん》の1月《がつ》16日《にち》、7名《めい》の隊員《たいいん》とともに南極大陸《なんきょくたいりく》の上《じょう》陸《りく》に成功《せいこう》し、南極点《なんきょくてん》をめざしたんだ。でも9日目《ここのかめ》に、はげしいふぶきですすめなくなり、しかたなく『大和雪原《やまとゆきはら》』と名《な》づけたその地点《ちてん》に、日本《にっぽん》の国旗《こっき》を立《た》てて引《ひ》き返《かえ》したんだよ。

大和雪原《やまとゆきはら》に立《た》つ白瀬矗《しらせのぶ》（中央《ちゅうおう》）たち　

齋藤孝の
偉人《いじん》
かいせつ

# 植村直己《うえむらなおみ》

植村直己《うえむらなおみ》のことは、日本中《にほんじゅう》の人《ひと》が応援《おうえん》していた。なぜそんなに人気《にんき》があったかというと、みんながやりたくてもできないことにチャレンジしてくれたから。そしてあの人《ひと》なつっこい笑顔《えがお》。本当《ほんとう》に冒険《ぼうけん》が好《す》きなんだとみんながわかる笑顔《えがお》だね。グリーンランドを犬《いぬ》ぞりで横断《おうだん》したあとも、顔《かお》は凍傷《とうしょう》でボロボロなのに、満面《まんめん》の笑《え》みだった。

植村直己《うえむらなおみ》は準備《じゅんび》の人《ひと》だった。グリーンランド横断《おうだん》のときも、生肉《なまにく》は好《す》きじゃないのに食《た》べられるようになったし、犬《いぬ》たちといっしょにくらし、本当《ほんとう》のなかまとなった。また、ある冒険《ぼうけん》のまえには、自分《じぶん》の体力《たいりょく》がどのくらいあるのかをたしかめるため、日本《にっぽん》をあるいて一周《いっしゅう》した。こうして、つねにいまの自分《じぶん》の状態《じょうたい》をたしかめながら、つぎの計画《けいかく》にむかったんだ。一《いち》か八《ばち》かでチャレンジすることが冒険《ぼうけん》じゃないんだね。だから最後《さいご》に行方不明《ゆくえふめい》になったのはとても残念《ざんねん》だけれど、彼《かれ》のチャレンジする気持《きも》ちと、彼《かれ》が見《み》せてくれた勇気《ゆうき》を、ぼくたちはわすれることはないだろう。

いまの漫画《まんが》を確立《かくりつ》させた、漫画《まんが》の神様《かみさま》

# 手《て》塚《づか》治《おさ》虫《む》

手塚治虫（1928 ～ 1989 年）
戦後、漫画の世界にデビューすると、またたくうちに人気作家となる。ストーリーを重視し、新しい表現をとりいれ、つねに漫画の可能性を追いもとめた。すぐれた作品が多く、いまも世界中で読まれている。

太平洋戦争《たいへいようせんそう》の前後《ぜんご》。

まだ、漫画《まんが》がいまほどうけいれられていなかった時代《じだい》――。

漫画《まんが》を愛《あい》して愛《あい》してやまない、ひとりの少年《しょうねん》がいた。のちに漫画《まんが》の神様《かみさま》といわれるようになる手塚治虫《てづかおさむ》である。

「手塚《てづか》くん。キミは上京《じょうきょう》してきてからいまだに下宿生活《げしゅくせいかつ》だろう。それでは漫画《まんが》の執筆《しっぴつ》にも集中《しゅうちゅう》できないだろうから、最近新《さいきんあたら》しくできたアパートにひっこしてはどうだい？　あそこなら思《おも》うぞんぶん漫画《まんが》に没頭《ぼっとう》できるよ。」

出版社《しゅっぱんしゃ》「学童社《がくどうしゃ》」の担当編集者《たんとうへんしゅうしゃ》である加藤《かとう》は、連載中《れんさいちゅう》の原稿《げんこう》をもって編集部《へんしゅうぶ》にあらわれた手塚治虫《てづかおさむ》にこう提案《ていあん》した。

「ありがとうございます！　部屋《へや》を用意《ようい》してもらえて、しかも漫画《まんが》が描《か》けるっていうことなら喜《よろこ》んで！」

おさないころから漫画《まんが》を読《よ》むことも、自分《じぶん》で描《か》くことも大《だい》すきだった治虫《おさむ》は、戦後《せんご》まもなく、売《う》れっ子《こ》の漫画家《まんがか》となっていた。楽《たの》しいことがすべて禁《きん》じられていた戦時中《せんじちゅう》、こっそり描《か》きつづけていた漫画《まんが》が、戦後《せんご》になって投稿《とうこう》した雑誌《ざっし》にのったとたん、大人気《だいにんき》となったのだ。

『ジャングル大帝《たいてい》』や『鉄腕《てつわん》アトム』で人気漫画家《にんきまんがか》となった治虫《おさむ》は、たくさんの雑誌《ざっし》にたくさんの連載《れんさい》をかかえていた。漫画《まんが》に集中《しゅうちゅう》できる場所《ばしょ》をあたえてもらえるなんて、ねがってもないことだった。

アパートの名《な》はトキワ荘《そう》。部屋《へや》は四畳半一間《よじょうはんひとま》、便所《べんじょ》と炊事場《すいじば》は共同《きょうどう》。その一室《いっしつ》で、手塚治虫《てづかおさむ》はひたすら机《つくえ》にむかった。

「ぜったいに、ぼくが日本《にっぽん》でいちばんの漫画家《まんがか》になるんだ！」

一心不乱《いっしんふらん》に、何日《なんにち》も徹夜《てつや》で描《か》きつづけることもめずらしくなかった。そしてその意気《いき》ごみのとおり、治虫《おさむ》はこの部屋《へや》でつぎつぎと傑作《けっさく》を生《う》みだしていくのである。

治虫《おさむ》の描《か》く漫画《まんが》は、それまでの漫画《まんが》とはまるでちがった。躍動感《やくどうかん》のある絵《え》、ただ笑《わら》わせるだけではなく、ホロリとさせられるストーリー。すべてが新《あたら》しく、日本中《にほんじゅう》の若者《わかもの》たちがとりこになった。

「て、手塚先生《てづかせんせい》！　初《はじ》めまして！　藤本《ふじもと》と安孫子《あびこ》といいます。ぼくたちが描《か》いた漫画《まんが》を読《よ》んでいただけませんか。」

治虫《おさむ》が入居《にゅうきょ》したのを機《き》に、トキワ荘《そう》にはぞくぞくと若手《わかて》の漫画家《まんがか》たちが入居《にゅうきょ》してきた。その多《おお》くが、手塚治虫《てづかおさむ》に影響《えいきょう》されて漫画家《まんがか》となった者《もの》たちだった。

「うん。おもしろい！　このキャラクターなんて最高《さいこう》だよ。絵《え》もじょうずだね。」

「ありがとうございます！　手塚先生《てづかせんせい》のような漫画《まんが》を描《か》きたくて、ふたりで描《か》きはじめたんです。先生《せんせい》にほめてもらえるなんて……。ぼくたち、もっともっとがんばります！」

治虫《おさむ》は締《し》めきりがせまった仕事中《しごとちゅう》であっても、たずねてくる人《ひと》がいると、かならず手《て》を休《やす》めて相手《あいて》をし、作品《さくひん》もすみからすみまで目《め》をとおしてアドバイスをした。そうすることで自分《じぶん》もパワーをもらうのである。

「おれもぜったいまけるもんか。もっとおもしろいものを描《か》いてやるぞー！」

相手《あいて》が新人《しんじん》であっても、おなじようにライバル心《しん》をもって、自分《じぶん》をさらにふるいたたせるのだった。

トキワ荘《そう》はまるで、漫画家《まんがか》たちの聖地《せいち》のような場所《ばしょ》になっていった。原稿《げんこう》をまっている編集者《へんしゅうしゃ》のことなど意《い》にもかいさず、手塚治虫《てづかおさむ》のせまい部屋《へや》のなかで、漫画家《まんがか》とその卵《たまご》たちが毎日毎日《まいにちまいにち》、安《やす》いコッペパンやキャベツをかじりながら漫画談義《まんがだんぎ》に花《はな》を咲《さ》かせた。

そして大勢《おおぜい》があつまると、きまって治虫《おさむ》への質問《しつもん》タイムがはじまるのだった。

「先生《せんせい》はどうして漫画家《まんがか》をめざしたんですか？」

「そんなの野暮《やぼ》な質問《しつもん》だよ。漫画《まんが》がすきですきでたまらないからさ。きみたちもおなじだろう？　医者《いしゃ》になろうかと思《おも》ったこともあったけれど、ぼくは漫画《まんが》で子《こ》どもたちの心《こころ》を治療《ちりょう》したいと思《おも》ったんだ。」

「だから先生《せんせい》の漫画《まんが》を読《よ》んだあとは、いつも心《こころ》がジーンとするのかあ。」

ひとりがしみじみとつぶやくと、みなが同感《どうかん》だとでもいうようにいっせいにうなずく。

「ぼくも先生《せんせい》の漫画《まんが》を読《よ》んでいると、ついホロリと泣《な》いてしまうんです。どうやったらこんな物語《ものがたり》がつくれるんでしょうか。ぼくは『絵《え》はうまいけど話《はなし》がつまらん。』って、編集《へんしゅう》さんによく怒《おこ》られるんですよ。」

そう質問《しつもん》する新人漫画家《しんじんまんがか》には、治虫《おさむ》はこうアドバイスした。

「漫画《まんが》を読《よ》むだけじゃダメだ。映画《えいが》だよ、映画《えいが》をみるんだ。映画《えいが》はいいぞ。ストーリーの勉強《べんきょう》にもなるし、場面《ばめん》がきりかわったり、アップになったりするだろう。いかに絵《え》をリアルに見《み》せるかの参考《さんこう》にもなる。」

「なるほどー。」

せまい部屋中《へやじゅう》に、感心《かんしん》したみんなの声《こえ》がひびきわたった。

「ディズニーの映画《えいが》はすばらしいよ。絵《え》もかわいらしいいし、夢《ゆめ》があって感動《かんどう》がある。『バンビ』なんて最高《さいこう》の一言《ひとこと》につきる。」

手塚治虫《てづかおさむ》のまわりは、たえず彼《かれ》を師《し》としたう、たくさんの漫画家《まんがか》であふれていた。そして治虫《おさむ》は、自分《じぶん》の漫画《まんが》に対《たい》する熱意《ねつい》やコツを、おしげもなく彼《かれ》らに披露《ひろう》するのだった。


一九八九年《ねん》。六十歳《さい》で生涯《しょうがい》をおえる最後《さいご》の最後《さいご》まで、手塚治虫《てづかおさむ》は現役《げんえき》の漫画《まんが》家《か》でありつづけた。『リボンの騎士《きし》』や『火《ひ》の鳥《とり》』などで一世《いっせい》を風靡《ふうび》したあと、しばらく人気《にんき》にかげりがでてスランプにおちいっても、けっして漫画家《まんがか》という

自分《じぶん》の仕事《しごと》をあきらめることはなかった。

「おれはこんなことじゃおわらない。子《こ》どもの心《こころ》をつかむ漫画《まんが》を、おれは描《か》くんだ。」

そういいきかせ、世間《せけん》が妖怪《ようかい》ブームなら『どろろ』、オカルトブームのときには『三《み》つ目《め》がとおる』と、手塚治虫《てづかおさむ》ならではの作品《さくひん》を世《よ》におくりだした。そして『ブラック・ジャック』で完全復活《かんぜんふっかつ》をはたし、漫画家《まんがか》「手塚治虫《てづかおさむ》」の名《な》は不動《ふどう》のものとなったのである。


また、彼《かれ》の活躍《かつやく》は雑誌《ざっし》の世界《せかい》だけではおさまらなかった。『鉄腕《てつわん》アトム』や『ジャングル大帝《たいてい》』をアニメ化《か》し、漫画《まんが》を日本《にっぽん》ではじめてテレビの世界《せかい》にみちびいたのも手塚治虫《てづかおさむ》だった。

手塚治虫《てづかおさむ》がいなければ、現在《げんざい》の日本《にっぽん》の漫画《まんが》、アニメは存在《そんざい》していなかったかもしれないのである。

千にものぼる作品《さくひん》をのこし、死《し》ぬ間際《まぎわ》まで漫画《まんが》に情熱《じょうねつ》をそそぎつづけた手塚《てづか》治虫《おさむ》。彼《かれ》はこんな言葉《ことば》をのこしている。

「『将来《しょうらい》に夢《ゆめ》なんかもてない。』とため息《いき》をつくのは簡単《かんたん》だけど、いちばんつまらない。どうせなら、『自分《じぶん》の未来《みらい》は自分《じぶん》でつくりあげていくんだ。』と決意《けつい》をしたほうがいい。たったそれだけで、毎日《まいにち》がきっと生《い》き生《い》きと輝《かがや》いてきます。」

日本一《にほんいち》の漫画家《まんがか》になるんだ！　そう決意《けつい》して人生《じんせい》をかけぬけた手塚治虫《てづかおさむ》は、この言葉《ことば》どおりの生《い》きかたをまっとうしたのである。しかも、数《かぞ》えきれないほどの傑作《けっさく》を、おき土産《みやげ》にのこして。

齋藤孝の
偉人《いじん》
かいせつ

# 手塚治虫《てづかおさむ》

ぼくは手塚治虫《てづかおさむ》を、巨大《きょだい》な溶鉱炉《ようこうろ》のように感《かん》じている。いろんなものをどん欲《よく》に吸収《きゅうしゅう》して、知識《ちしき》をとかしこみ、つぎつぎと漫画《まんが》として生《う》みだしていく。そんなイメージだ。

ぼくは小《しょう》・中学生《ちゅうがくせい》のとき、『火《ひ》の鳥《とり》』を読《よ》んでとても感動《かんどう》したことをおぼえている。生命《せいめい》というもののいろんなとらえかた、宇宙《うちゅう》から古代《こだい》まで、その全《ぜん》部《ぶ》がつながっていて、その壮大《そうだい》さにすっかりうちのめされたんだ。

彼《かれ》はそのほかにも『ブッダ』や『アドルフに告《つ》ぐ』など、とても漫画《まんが》にはならないようなテーマのものを漫画《まんが》にしていった。そして「どうせ漫画《まんが》だろ。」という概念《がいねん》を全部《ぜんぶ》かえていったんだ。

手塚治虫《てづかおさむ》はその作品《さくひん》によって、ほかの人《ひと》に「漫《まん》画《が》ってなんでも表現《ひょうげん》できるんだよ。」と教《おし》えてくれたんだと思《おも》う。手塚治虫《てづかおさむ》は、いわば一種《いっしゅ》の新《あたら》しい大《たい》陸《りく》を発見《はっけん》し、開拓《かいたく》したようなものなんだ。いま、漫《まん》画《が》は世界中《せかいじゅう》で読《よ》まれているけれど、世界《せかい》にほこる、日本《にっぽん》の偉人《いじん》のひとりだね。

きびしい修行《しゅぎょう》で超人《ちょうじん》となった中世《ちゅうせい》日本《にっぽん》のヒーロー

# 空海《くうかい》

空海（774 ～ 835 年）
平安時代の僧。30 歳までに日本の仏教の本を
すべて学んだあと、唐へとわたり勉強をした。
帰国後、高野山に金剛峯寺を建て、真言宗をひらいた。
弘法大師ともよばれ、各地に伝説がのこっている。

ときは平安時代初期《へいあんじだいしょき》。

のちに空海《くうかい》と名《な》のることとなる青年《せいねん》、真魚《まお》は、大学寮《だいがくりょう》での授業《じゅぎょう》をおえたあと、まっすぐ家《いえ》へはかえらずに、遠《とお》まわりして湖《みずうみ》へとむかった。最近《さいきん》は、この湖《みずうみ》のほとりを散歩《さんぽ》するのが日課《にっか》になっていた。

「この湖《みずうみ》のそばをあるいていると、なんだかなやみも解決《かいけつ》しそうな気《き》がするんだけど……うーん。むずかしいなあ。」

じつは、真魚《まお》にはなやみがあった。最近《さいきん》、大学《だいがく》の授業《じゅぎょう》がどうしてももののたりなく感《かん》じてしまうのである。

「儒教《じゅきょう》も歴史《れきし》も漢文《かんぶん》も、ただただ丸暗記《まるあんき》するばかり。これが本当《ほんとう》に将来役《しょうらいやく》に立《た》つんだろうか。大学《だいがく》では、わたしの知《し》りたいことはなにも教《おし》えてくれない。人間《にんげん》とはなにか、そしてわたしの生《い》きる道《みち》とはなんなのかということを……。」

とはいうものの、かよっているのは日本《にっぽん》にある唯一《ゆいいつ》の大学《だいがく》。これ以上《いじょう》の教育《きょういく》は、どこへ行《い》ってもうけられない。

「わたしがもとめる道《みち》は、いったいどこにあるんだろう。」

真魚《まお》がぼんやり水面《すいめん》をながめながら、はあ～っとため息《いき》をついていると、そばにすわっていたひとりの修行僧《しゅぎょうそう》と目《め》があった。僧衣《そうい》はぼろぼろ、肌《はだ》はうすよごれていて、身《み》なりはひどくみすぼらしい。しかし、まるですべてを見《み》すかしているかのような、まっすぐで力《ちから》のある瞳《ひとみ》をした僧侶《そうりょ》だった。

「そなた、なにかなやんでおるな。」

「え、ええ。まあ……。」

「ごまかさんでもいい。そなたの考《かんが》えていることなど一目瞭然《いちもくりょうぜん》じゃ。ここで会《あ》ったもなにかの縁《えん》。ひとついいことを教《おし》えてやろう。」

そういうと、修行僧《しゅぎょうそう》は真魚《まお》のそばに近《ちか》づいてきた。

「そなたは〝虚空蔵求聞持法《こくうぞうぐもんじほう》〟というものを知《し》っておるか?」

「こくうぞうぐもんじほう? さあ。きいたことがあるような、ないようなな。」

「『虚空蔵菩薩能満諸願最勝心陀羅尼求聞持法《こくうぞうぼさつのうまんしょがんさいしょうしんだらにぐもんじほう》』という経典《きょうてん》にしめされている修行《しゅぎょう》じゃ。虚空蔵菩薩《こくうぞうぼさつ》の真言《しんごん》〝ノウボウ　アキャシャ　ギャラバヤ　オン　アリキャ　マリ　ボリ　ソワカ〟を百万《まん》べんとなえる。そうすればあらゆる経典《きょうてん》をたちまち理解《りかい》し、暗記《あんき》することができる。そなたの思《おも》いなやむことがらなぞ、たちどころに解決《かいけつ》するだろう。」

「百万《まん》べん? あらゆる経典《きょうてん》を?」

真魚《まお》はびっくりした。百万《まん》べんとなえるなんて、いったいどのくらいかかるのか。気《き》が遠《とお》くなるような回数《かいすう》だ。

「ああ、そうじゃ。やってみるかね？　ただし、どこで修行《しゅぎょう》してもいいというわけではない。まず、都《みやこ》ではできない。雑念《ざつねん》がはいってこないような静寂《せいじゃく》の地《ち》でやらねばならん。そして百万《まん》べんといってても方法《ほうほう》はきまっておる。一日《にち》に一万回《まんかい》、百日間《にちかん》となえつづけるのじゃ。」

真魚《まお》はまよった。

「そんなこと、自分《じぶん》にできるだろうか……。」

しかしそれ以上《いじょう》に、この僧侶《そうりょ》の話《はなし》に、ときめいている自分《じぶん》がいた。

「仏典《ぶってん》に書《か》かれているということは、お釈迦《しゃか》さまのお言葉《ことば》だということ。この話《はなし》にいつわりはあるまい。このまま大学《だいがく》ですごしていても、もんもんとするばかり。ここはひとまずやってみるか！」

真魚《まお》は決心《けっしん》して、修行僧《しゅぎょうそう》にたのんだ。

「やってみます！　わたしにその修行《しゅぎょう》をやらせてください！」

「んふふふふ。そうくると思《おも》ったわ。わしについてこい。」


真魚《まお》は大学寮《だいがくりょう》をやめ、修行僧《しゅぎょうそう》に案内《あんない》され、吉野《よしの》の山奥《やまおく》へはいった。

そして東《ひがし》、西《にし》、南《みなみ》が見《み》わたせる小高《こだか》い丘《おか》で修行《しゅぎょう》がはじまった。うっすらとしかれた藁《わら》の上《うえ》にすわり、ひとつ深呼吸《しんこきゅう》をすると、真魚《まお》は目《め》の前《まえ》の空《そら》と海《うみ》をまっすぐ見《み》つめながら真言《しんごん》をとなえはじめた。

「ノウボウ　アキャシャ　ギャラバヤ　オン　アリキャ　マリ　ボリ　ソワカ。」

ひとつとなえるごとに、修行僧《しゅぎょうそう》からもらった数珠《じゅず》の玉《たま》をうごかしていく。人《ひと》の煩悩《ぼんのう》の数《かず》といわれる百八を百と数《かぞ》え、ひたすらとなえつづけた。

来《く》る日《ひ》も来《く》る日《ひ》も、口《くち》にする言葉《ことば》は真言《しんごん》のみ。雨《あめ》の日《ひ》も風《かぜ》の日《ひ》も、こごえそ

うに寒《さむ》い日《ひ》も、日《ひ》がしずむまでとにかくとなえつづけた。

しかし、体力《たいりょく》はおとろえるいっぽうだった。二週間《しゅうかん》ほどたっただろうか。

「もう、だめだ……。声《こえ》が……でない。」

熱《ねつ》で頭《あたま》がもうろうとして、真魚《まお》はたおれてしまった。

丸《まる》一日《にちねむ》眠りつづけ、やっと熱《ねつ》がさがった真魚《まお》は、修行僧《しゅぎょうそう》の言葉《ことば》を思《おも》いだした。

「いいか。一日《にち》でも休《やす》んだら、また一《いち》からやりなおさなくてはならないぞ。」

「ああ、また最初《さいしょ》からやりなおしか……。」

修行《しゅぎょう》を再開《さいかい》しようとして、くじけそうな気持《きも》ちが一瞬《いっしゅん》、頭《あたま》をもたげた。しかし真魚《まお》は歯《は》を食《く》いしばった。

「ここまで来《き》たら、絶対《ぜったい》、絶対《ぜったい》やりとげてやる！」

そう空《そら》にむかってちかうと、ふたたび真言《しんごん》をとなえはじめたのだった。

修行《しゅぎょう》は、まさに命《いのち》がけであった。吉野《よしの》の山奥《やまおく》をはじめ、和歌山《わかやま》、そして故郷《こきょう》の四国《しこく》……。しずかに専念《せんねん》できる修行場《しゅぎょうば》をもとめて各地《かくち》の山々《やまやま》を転々《てんてん》とした。服《ふく》はぼろぼろになり、帯《おび》のかわりに荒縄《あらなわ》をしめた。顔《かお》はあかだらけで、体《からだ》はすっかりやせ細《ほそ》っていた。

「おぬし、だいじょうぶか？　わしの米《こめ》をすこし分《わ》けてやるから食《た》べなされ。」

その姿《すがた》は、こじきに同情《どうじょう》されるほどひどい姿《すがた》だった。しかし真魚《まお》は気《き》にもとめず、一心不乱《いっしんふらん》に修行《しゅぎょう》にあけくれた。つらいはずの修行《しゅぎょう》なのに、なぜか真言《しんごん》をとなえていると、頭《あたま》がすみきってくるのが不思議《ふしぎ》だった。

「なぜだろう。体《からだ》の奥底《おくそこ》でよどんでいたものが、ひとつひとつ洗《あら》いながされていくような感《かん》じがして、すがすがしい。」

そう思《おも》うのであった。

想像《そうぞう》をぜっするような修行《しゅぎょう》の日々《ひび》が三年《ねん》ほどつづいたころ、真魚《まお》はこれまでだれも足《あし》をふみいれたことのない辺境《へんきょう》の地《ち》、土佐《とさ》の室戸岬《むろとざき》へやってきた。草木《くさき》をかき分《わ》け、断崖《だんがい》をのぼり、ようやく太平洋《たいへいよう》が見《み》わたせる絶好《ぜっこう》の修行場《しゅぎょうば》を見《み》つけた。

「この洞窟《どうくつ》はいい！　海《うみ》も空《そら》も近《ちか》くて、修行《しゅぎょう》に身《み》がはいりそうだぞ。」

そして真魚《まお》は、いつものように虚空蔵菩薩《こくうぞうぼさつ》の真言《しんごん》をとなえはじめた。無心《むしん》でひたすらとなえつづけて百日目《にちめ》。ついに百万《まん》べんとなえおわるときがやってきた。真魚《まお》は夜《よる》も眠《ねむ》りにつかず、真言《しんごん》をとなえつづけていた。そろそろ夜《よる》があけそうだというそのとき、百万回目《まんかいめ》の真言《しんごん》を口《くち》にすると、あたり一面《いちめん》に、きいたこともないようなすばらしい鈴《すず》の音《ね》がひびきわたった。おどろいて目《め》をあけると、それをまっていたかのように、とつぜん東《ひがし》の空《そら》が明星《みょうじょう》の輝《かがや》きで明《あか》るくなった。

「おおっ！」

あまりの美《うつく》しさにみとれていると、みるみるうちに明星《みょうじょう》が真魚《まお》に近《ちか》づいてくるではないか！　そしてあっというまに、明星《みょうじょう》はすぽっと真魚《まお》の口《くち》から体《からだ》のなかへとはいってきたのである！

明星《みょうじょう》は、虚空蔵菩薩《こくうぞうぼさつ》の化身《けしん》とされている。真魚《まお》が、仏《ほとけ》と一体《いったい》となった瞬間《しゅんかん》であった。

感動《かんどう》のあまり、真魚《まお》の目《め》からはポロポロと涙《なみだ》がこぼれ落《お》ちた。真魚《まお》を祝福《しゅくふく》するかのように、東《ひがし》の空《そら》から陽《ひ》がのぼりはじめ、海《うみ》がきらきらと輝《かがや》きはじめた。

「ノウボウ　アキャシャ　ギャラバヤ　オン　アリキャ　マリ　ボリ　ソワカ。」

あらためて真言《しんごん》をとなえてみると、不思議《ふしぎ》なことに、いままではただ無心《むしん》でとなえつづけてきた言葉《ことば》のひとつひとつの意味《いみ》が、心《こころ》と体《からだ》にしみわたるように理解《りかい》できるのだった。

「わたしたちをてらす太陽《たいよう》、そしてこの目《め》の前《まえ》にひろがる空《そら》と海《うみ》……。」

真魚《まお》は、ふかく息《いき》をすいこんだ。

「これらがこの世《よ》のすべて。これらと一体《いったい》となること。そうか、それこそが真理《しんり》なのか……。わたしは、虚空蔵求聞持法《こくうぞうぐもんじほう》をなしとげたからこそ気《き》づくことができたのだ。なんとありがたいことだ。」

真魚《まお》は、もう一度目《いちどめ》の前《まえ》にひろがる景色《けしき》をながめた。

「空《そら》と海《うみ》……。そうだ、これからわたしは空海《くうかい》と名《な》のろう。」

こうして、仏教《ぶっきょう》・真言宗《しんごんしゅう》の祖《そ》、空海《くうかい》は誕生《たんじょう》したのである。

空海《くうかい》はその後《ご》、中国《ちゅうごく》の唐《とう》で密教《みっきょう》を学《まな》んで日本《にっぽん》にもちかえり、真言密教《しんごんみっきょう》として人々《ひとびと》に教《おし》えをつたえた。

「自分《じぶん》は万人《ばんにん》に役《やく》に立《た》つ教《おし》えを学《まな》んだ。だから、この教《おし》えをみなにつたえて、すべての人《ひと》を救《すく》いたい。」

そんな空海《くうかい》の想《おも》いは、空海《くうかい》がのこした言葉《ことば》にもあらわれている。

「虚空尽《こくうつ》き、衆生尽《しゅじょうつ》き、涅槃尽《ねはんつ》きなば、我《わ》が願《ねが》いも尽《つ》きなん。」

（この世《よ》から絶望的《ぜつぼうてき》でむなしいことや苦《くる》しむ人《ひと》がいなくならないかぎり、わたしの願《ねが》いが成就《じょうじゅ》することはないのだろう。）

そして空海《くうかい》の教《おし》えとこの想《おも》いは、仏教《ぶっきょう》・真言宗《しんごんしゅう》として、時空《じくう》をこえ、現世《げんせ》にまでしっかりとうけつがれているのである。

齋藤孝の偉人《いじん》かいせつ

# 空海《くうかい》

空海《くうかい》は日本中《にほんじゅう》に伝説《でんせつ》をのこしているスーパースターだ！　あちこちに弘法大師《こうぼうだいし》(空海《くうかい》のこと) のつくった橋《はし》とか、掘《ほ》った池《いけ》がのこっているんだ。

空海《くうかい》は、若《わか》いときにきびしい修行《しゅぎょう》をした。そして一度読《いちどよ》んだり聞《き》いたりしたら忘《わす》れないという記憶力《きおくりょく》を手《て》にいれて、いっしょうけんめい勉強《べんきょう》をした。留学先《りゅうがくさき》の中国《ちゅうごく》の人《ひと》たちもびっくりしたらしい。なにしろ中国語《ちゅうごくご》はペラペラで、字《じ》もうまく、なんでも知《し》っていたからね。

そんな空海《くうかい》の軸《じく》になっているのは、記憶力《きおくりょく》なんだね。みんなも記憶《きおく》することをいやがらずに、いいと感《かん》じる語句《ごく》があったら、どんどん口《くち》にだしておぼえてしまおう。そしてつぎにそれを、自分《じぶん》の言葉《ことば》でいいなおしてほしい。そうすることで、どんどん知識《ちしき》が身《み》についていくと思《おも》うよ。知識《ちしき》が身《み》につけば、より高《たか》いレベルへ行《い》きたくなるかもしれない。大学《だいがく》に行《い》きたくなったり、留学《りゅうがく》したい国《くに》ができるかもしれない。やがては空海《くうかい》のように、いい仕事《しごと》ができるんじゃないかな。

## 外国《がいこく》に学《まな》び、日本《にっぽん》の近代化《きんだいか》につくした文化人《ぶんかじん》

# 福沢諭吉《ふくざわゆきち》

福沢諭吉（1835 ～ 1901 年）
明治時代の思想家・教育者。オランダ語、英語を
学んだのち、西洋にわたり、その進んだ考えかたや
技術を日本に紹介した。『学問のすすめ』など、
人は学ぶことが大事だとした。慶應義塾大学の創始者。

「わしがあるいてきたのに、道《みち》もゆずらず、えらそうにあるいちょるとはけしからんやつじゃ！　きさま、あやまれ！」

諭吉《ゆきち》より身分《みぶん》が上《うえ》の家《いえ》のおない年《どし》の子《こ》が、諭吉《ゆきち》にくってかかってきた。諭吉《ゆきち》はしらんぷりをしてとおりすぎてから、「ふう。」とため息《いき》をこぼした。

「わたしのほうが学問《がくもん》だってはるかにできるし、力《ちから》も強《つよ》い。それなのに、身分《みぶん》が上《うえ》だというだけでいつもいばりくさって……。なぜわたしが、がまんをしなくちゃいけないんだ。身分《みぶん》がどうとか、関係《かんけい》ないじゃないか！」

農民《のうみん》や町人《ちょうにん》の家《いえ》に生《う》まれた子《こ》は、どんなに優秀《ゆうしゅう》でも侍《さむらい》にはなれない。侍《さむらい》のなかでも、身分《みぶん》がひくいと、身分《みぶん》がたかい家《いえ》の侍《さむらい》より上《うえ》の地位《ちい》にはなれない。おさないころから諭吉《ゆきち》は、自分《じぶん》の能力《のうりょく》とは関係《かんけい》なく、家《いえ》の身分《みぶん》によって差別《さべつ》されることにどうしてもなっとくがいかなかった。

「ここにいたら、この生活《せいかつ》はなにもかわらない。こんな田舎《いなか》からは、はやくとびだして、もっと都会《とかい》に行《い》きたい！」

中津《なかつ》の村《むら》（大分県《おおいたけん》）で、少年時代《しょうねんじだい》の福沢諭吉《ふくざわゆきち》は、そんな想《おも》いをずっと心《こころ》に秘《ひ》めていた。

それから何年《なんねん》かのちに、諭吉《ゆきち》は江戸《えど》にいた。

四年《ねん》の歳月《さいげつ》をかけて長崎《ながさき》と大坂《おおさか》でひたすら蘭学《らんがく》（オランダ語《ご》）をまなび、はれて江戸《えど》で、蘭学塾《らんがくじゅく》の講師《こうし》となったのだ。たくさんの原書《げんしょ》を読《よ》みとき、熱心《ねっしん》に勉強《べんきょう》してきたので、オランダ語《ご》はだれにもまけないほどの自信《じしん》があった。実際《じっさい》に、その実力《じつりょく》は江戸《えど》いちばんの蘭学者《らんがくしゃ》だと評判《ひょうばん》になるほどだった。

ある日《ひ》のこと。前《まえ》の年《とし》にむすばれた日米修好通商条約《にちべいしゅうこうつうしょうじょうやく》によって、たくさんの外国人《がいこくじん》がすむようになったという横浜《よこはま》へ、あそびに行《い》くことになった。

「よし。わたしのオランダ語《ご》がどれだけつうじるか、ためしてみよう！」

「きみのオランダ語《ご》は江戸《えど》いちばんだ、問題《もんだい》ないだろう。それにしても、はじめて実際《じっさい》につかうことができると思《おも》うと、わくわくするなあ。」

諭吉《ゆきち》と友人《ゆうじん》の岡本《おかもと》は、期待《きたい》に胸《むね》をおどらせながら、半日《はんにち》かけてあるきつづけ、ようやく横浜《よこはま》へたどりついた。洋風《ようふう》の建物《たてもの》がたちならび、目《め》が青《あお》く明《あか》るい髪《かみ》の色《いろ》をした外国人《がいこくじん》たちが前《まえ》をゆきかう。しかし、目《め》の前《まえ》にひろがる光景《こうけい》は、想像《そうぞう》していたものとなにかがちがう。

「はて……。」

諭吉《ゆきち》と岡本《おかもと》が首《くび》をかしげたのは、ほぼ同時《どうじ》だった。

「あの看板《かんばん》は、なんて書《か》いてあるんだ？」

岡本《おかもと》が、諭吉《ゆきち》に問《と》いかけた。

「それがわたしにもさっぱりだ。ひとつひとつの文字《もじ》はにているが、書《か》いてあることがまるでわからん。」

「さっきとおりすぎた外国人《がいこくじん》たちが話《はな》している言葉《ことば》、きいたか？」

「ああ。いっている意味《いみ》が、まったくわからなかった。」

ふたりはおもわず顔《かお》を見《み》あわせた。

「とりあえず、だれかに話《はな》しかけてみよう。なにかわかるかもしれん。」

気《き》をとりなおして、道《みち》ゆく外国人《がいこくじん》になんどかオランダ語《ご》で声《こえ》をかけてみたものの、肩《かた》をすくめながらきいたこともない言葉《ことば》をまくしたてられるだけで、わけがわからない。そうこうしているうちに、しだいに日《ひ》もくれかけてきた。そこで最後《さいご》の賭《か》けにと、一軒《けん》の店《みせ》へはいり、オランダ語《ご》で「こんにちは。」と話《はな》しかけてみた。すると店主《てんしゅ》も「こんにちは。」と、オランダ語《ご》で返事《へんじ》をしてくれたのだ。

「おお。やっとつうじたぞ！」

しかし諭吉《ゆきち》の発音《はつおん》が悪《わる》いせいか、なかなか話《はなし》がうまくかみあわない。そこで、紙《かみ》に書《か》いてみせると、店主《てんしゅ》は、

「オー。オーケー。」

とつぶやいてから、オランダ語《ご》でゆっくりと話《はな》しはじめた。

「ココデハ、オランダ語《ご》ハヤクニタタナイ。ミンナ『エイゴ』ヲハナシテル。カンバンモ、ミンナエイゴ。セカイデハ、イチバンエイゴガツカワレテルヨ。」

エイゴ？　オランダ語《ご》は役《やく》に立《た》たない？

諭吉《ゆきち》はそれをきき、強《つよ》いショックをうけた。

そして店主《てんしゅ》にすすめられるがままに、とりあえずオランダ語《ご》と英語《えいご》の会話本《かいわぼん》などを数冊《すうさつ》買《か》い、そのまま家路《いえじ》につくことにした。

かえり道《みち》、ふたりはひとことも話《はなし》をしなかった。しなかったというよりは、ショックのあまりできなかったのだ。何年《なんねん》もかけて必死《ひっし》になって勉強《べんきょう》してきたオランダ語《ご》が、世界《せかい》では通用《つうよう》しないなんて。

「わたしはいったい、いままでなにをしてきたんだ……。」

そんな絶望感《ぜつぼうかん》が、諭吉《ゆきち》に重《おも》くのしかかってくる。

つかれはてた足《あし》はとても重《おも》たく、江戸《えど》までの道《みち》のりは、行《ゆ》きよりもはてしなく長《なが》く長《なが》く感《かん》じられたのだった。

翌朝《よくあさ》、諭吉《ゆきち》はとてもはやく目《め》がさめた。きのう一日中《いちにちじゅう》あるきまわったせいで、体《からだ》がなまりのように重《おも》たい。それでもなぜか頭《あたま》の中《なか》だけはすっきりしていた。

おきあがると、顔《かお》もあらわずにすぐ机《つくえ》の前《まえ》へすわり、きのう買《か》ってきた英語《えいご》の本《ほん》をひらいた。

「くよくよ落《お》ちこんでいたってはじまらない。オランダ語《ご》が通用《つうよう》しないというなら、英語《えいご》を勉強《べんきょう》するのみだ。やるしかない！」

その日《ひ》から、諭吉《ゆきち》はオランダ語《ご》に見《み》きりをつけ、一心不乱《いっしんふらん》に英語《えいご》を勉強《べんきょう》しはじめた。英語《えいご》をすこしでも知《し》っているという人《ひと》のうわさをきけば、すぐ会《あ》いに行《い》き、知《し》っていることをすべて教《おし》えてもらった。

オランダ語《ご》をいっしょに学《まな》んできた友人《ゆうじん》たちの多《おお》くは、諭吉《ゆきち》が英語《えいご》を学《まな》ぶことに疑問《ぎもん》をなげかけた。

「いまさら一《いち》から勉強《べんきょう》しないでもいいじゃないか。英語《えいご》で必要《ひつよう》な本《ほん》があったら、オランダ語《ご》に翻訳《ほんやく》されたものを読《よ》めばいいのだし。」

「またおなじ苦労《くろう》をするというのかい？」

「きみにはもうオランダ語《ご》の講師《こうし》という職《しょく》があるのだから、それでじゅうぶんではないか。」

そんな声《こえ》をききながらも、諭吉《ゆきち》はあきらめなかった。蘭学塾《らんがくじゅく》の授業《じゅぎょう》以外《いがい》の時《じ》間《かん》はすべて、英語《えいご》の勉強《べんきょう》についやした。

そうしているうちに諭吉《ゆきち》は、英語《えいご》とオランダ語《ご》は、基本《きほん》がにていることに気《き》がついた。そこからはめきめきと英語《えいご》の実力《じつりょく》が上達《じょうたつ》しはじめ、がぜん勉強《べんきょう》も楽《たの》しくなってくるのだった。

やがて、オランダ語《ご》だけでなく英語《えいご》も身《み》につけた諭吉《ゆきち》は、日本《にっぽん》の軍艦《ぐんかん》、咸臨《かんりん》丸《まる》にのりこんだ。そしてジョン万次郎《まんじろう》らといっしょに、アメリカに行《い》き帰国《きこく》。その後《ご》もアメリカ、フランス、イギリス、オランダ、ドイツ、ロシアなどの国々《くにぐに》を旅《たび》した。

ガス灯《とう》のおかげで夜《よる》でも明《あか》るい家《いえ》のなかや、男女《だんじょ》が堂々《どうどう》と手《て》をつないであるく姿《すがた》、ものすごいスピードで移動《いどう》する鉄道《てつどう》……。本《ほん》を読《よ》んで想像《そうぞう》していたよりも、はるかに大《おお》きい外国《がいこく》のスケールとはなやかさ。そして国民《こくみん》が国《くに》の長《ちょう》をえらぶという民主主義《みんしゅしゅぎ》のすばらしさ。

各国《かっこく》で目《め》にする文化《ぶんか》に、諭吉《ゆきち》はただ圧倒《あっとう》されるばかりだった。

「まことにアメリカやヨーロッパにくらべると、日本《にっぽん》はなんとおくれていることか。鎖国《さこく》なんかしている場合《ばあい》じゃない。できるだけはやく国《くに》をひらいて、このすすんだ文明《ぶんめい》をとりいれていかなければ。」

そんな思《おも》いは、外国《がいこく》を知《し》れば知《し》るほど強《つよ》くなる。それと同時《どうじ》にこうも思《おも》った。

「わたしは西洋《せいよう》の本《ほん》を読《よ》んで新《あたら》しい世界《せかい》のことを知《し》ることができた。こうして実際目《じっさいめ》にすることもかなった。それもすべて、オランダ語《ご》と英語《えいご》を学《まな》んだからだ。これから日本《にっぽん》をかえていくには、国中《くにじゅう》の人々《ひとびと》にたくさんの学《まな》ぶ機会《きかい》をあたえることが、もっとも大切《たいせつ》なことかもしれん。」

帰国後《きこくご》、諭吉《ゆきち》は西洋《せいよう》のようすを多《おお》くの人《ひと》につたえるため、『西洋事情《せいようじじょう》』『世界《せかい》国尽《くにづくし》』など、数々《かずかず》の本《ほん》を出版《しゅっぱん》した。

その本《ほん》のなかでも、「天《てん》は人《ひと》の上《うえ》に人《ひと》をつくらず、人《ひと》の下《した》に人《ひと》をつくらずといえり。」ではじまる『学問《がくもん》のすすめ』は、人々《ひとびと》に大《おお》きな影響《えいきょう》をあたえ、日本《にほん》人《じん》がいままでの考《かんが》えかたを見《み》なおすきっかけとなった。

この本《ほん》のなかで諭吉《ゆきち》は、人《ひと》はだれもが平等《びょうどう》でなければならず、家柄《いえがら》や地位《ちい》やお金《かね》をもっているかどうかで差別《さべつ》されてはいけない。人《ひと》に優劣《ゆうれつ》をつけるとするならば、学問《がくもん》をしたかしないか、それだけである、とのべている。だからこそ学問《がくもん》をしようじゃないかと、勉強《べんきょう》の大切《たいせつ》さを日本中《にほんじゅう》によびかけたのである。

齋藤孝の
偉人《いじん》
かいせつ

# 福沢諭吉《ふくざわゆきち》

ぜひ『学問《がくもん》のすすめ』を読《よ》んでみよう！　さすがに一万円札《まんえんさつ》になっている人《ひと》だけあって、いまの時代《じだい》にも必要《ひつよう》なことが書《か》いてある。

福沢諭吉《ふくざわゆきち》のいちばんのメッセージは、「学《まな》ぶことが大事《だいじ》。」ということだよ。みんなのなかには、勉強《べんきょう》なんかしなくてもいいと思《おも》う人《ひと》もいるかもしれない。でも世《よ》の中《なか》をよくよく見《み》ていると、特別《とくべつ》な才能《さいのう》のある人以外《ひといがい》は、学《まな》んだか学《まな》ばないかで、やっぱり大《おお》きな差《さ》がでてくるものなんだ。

これはどんな職業《しょくぎょう》についてもいえるんじゃないかな。たとえば美容師《びようし》をめざしているとして、その勉強《べんきょう》をとことんやると、美容師《びようし》の技術《ぎじゅつ》だけでなく、人《ひと》への接《せっ》しかたや、人生《じんせい》そのものについての知識《ちしき》も身《み》についてくるんだね。そうすると、おなじ美容師《びようし》のなかでも、その人《ひと》にはお客《きゃく》さんがつきやすくなるんだ。

生涯学習《しょうがいがくしゅう》という言葉《ことば》があるけれど、みんなにも学《まな》びつづけることで、充実《じゅうじつ》した人生《じんせい》をおくってほしいな。

日本《にっぽん》の近代《きんだい》医学《いがく》の基礎《きそ》をきずいた細菌学者《さいきんがくしゃ》

# 北里柴三郎《きたさとしばさぶろう》

北里柴三郎（1852 ～ 1931 年）
明治～昭和時代の医学者。ドイツのコッホのもとで研究をおこない、新しい治療法を発見するなど、数々の成果をあげて世界的な学者となる。帰国後も伝染病の研究や、医学者の育成などにつくした。

「病気《びょうき》の人《ひと》をなおすことは、すばらしく大切《たいせつ》な仕事《しごと》だ。しかし、病気《びょうき》をなおす以前《いぜん》に、人《ひと》が病気《びょうき》にならないようにみちびくのも、医学《いがく》の大切《たいせつ》な役目《やくめ》なのではないだろうか……。」

この想《おも》いは、医学《いがく》の道《みち》をすすもうと決心《けっしん》したときからずっと、北里柴三郎《きたさとしばさぶろう》の心《こころ》をしめていたものだった。

「より多《おお》くの人々《ひとびと》をたすけるために、自分《じぶん》は病《やまい》の原因《げんいん》となるものをつきとめることに専念《せんねん》しよう。」

多《おお》くの同級生《どうきゅうせい》が、病院《びょういん》の院長《いんちょう》や大学教授《だいがくきょうじゅ》といったはなばなしい道《みち》をすすむなか、柴三郎《しばさぶろう》はひとり、裏方《うらかた》として医学《いがく》をささえることを決心《けっしん》した。

「キタサト、まだ顕微鏡《けんびきょう》をのぞいているのかい。もうそろそろ休《やす》んだらどうだい。」

「ああ、でもだいじょうぶだ。わたしはもうすこし研究《けんきゅう》をつづけるよ。」

「まったく、きみの熱心《ねっしん》さにはだれも勝《か》てないよ。体《からだ》には気《き》をつけろよ。」

ドイツ人《じん》の同僚《どうりょう》は、あきれたように肩《かた》をすくめた。

内務省《ないむしょう》の衛生局《えいせいきょく》でつとめはじめてから数年後《すうねんご》、柴三郎《しばさぶろう》はドイツにいた。日々《ひび》ひろがる伝染病《でんせんびょう》の病原菌《びょうげんきん》の研究《けんきゅう》にあけくれていた柴三郎《しばさぶろう》は、その熱心《ねっしん》さがかわれ、国《くに》の代表《だいひょう》としてドイツに派遣《はけん》されたのだった。

「まだまだ赤《あか》ん坊《ぼう》のような日本《にっぽん》の医学《いがく》を発展《はってん》させるために、国《くに》がわたしをドイツへ留学《りゅうがく》させてくださったのだ。学《まな》ぶことはかぎりなくある。ドイツにいるあいだは一分《ぷん》たりとも無駄《むだ》にするもんか。」

北里柴三郎《きたさとしばさぶろう》は、世界的《せかいてき》な細菌学者《さいきんがくしゃ》であるコッホの下《もと》で学《まな》べるときまったときから、強《つよ》く心《こころ》にちかっていた。

新《あたら》しいことを学《まな》べると思《おも》うと、勉強《べんきょう》や研究《けんきゅう》はまったく苦《く》にならなかった。顕《けん》微《び》鏡《きょう》をのぞいていると、いつだって柴三郎《しばさぶろう》は時間《じかん》がたつのをわすれてしまった。そこにはいままで知《し》らなかった世界《せかい》がひろがっている。人間《にんげん》を苦《くる》しめる、目《め》には見《み》えない生《い》きものがうごいているのを見《み》つめながら、どうやったらこの病原菌《びょうげんきん》に勝《か》つことができるのかを考《かんが》えていると、時間《じかん》はあっというまにすぎてしまう。気《き》づいたときには夜《よる》があけているなんてこともしばしばだった。

コッホとその弟子《でし》のレフレルは、そんな柴三郎《しばさぶろう》のようすをおどろきながらも感心《かんしん》して見《み》つめていた。

「たくさんの研究生《けんきゅうせい》を指導《しどう》してきたが、こんなに勉強《べんきょう》する人《ひと》をわたしは見《み》たことがない。しかもキタサトは、どんなにむずかしいテーマを出《だ》しても、すぐ理《り》解《かい》し、きちんと結果《けっか》を出《だ》してくる。レフレル、キタサトはすばらしい細菌学者《さいきんがくしゃ》になるかもしれないな。」

コッホはたっぷりとたくわえたあごひげをなでながら、そうつぶやいた。

そんなコッホの期待《きたい》どおり、柴三郎《しばさぶろう》はまもなくして、まずひとつめの大《おお》きな成果《せいか》を出《だ》した。コッホが発見《はっけん》こそしたものの、まだ謎《なぞ》が多《おお》かったコレラ菌《きん》の性《せい》質《しつ》を、ほとんど明《あき》らかにしてしまったのである。

ある日《ひ》のこと。レフレルが一冊《さつ》の雑誌《ざっし》をもって柴三郎《しばさぶろう》のもとへやってきた。

「キタサト、オランダの医学者《いがくしゃ》のペーケルハーリング先生《せんせい》が、脚気《かっけ》の病原菌《びょうげんきん》を発見《はっけん》した、という論文《ろんぶん》は読《よ》んだかい？」

「はい。読《よ》みました。」

「きみは、あの論文《ろんぶん》についてどう思《おも》う?」

「しょうじき、信《しん》じられません。まず、実験《じっけん》のしかたがなってないと思《おも》います。」

「ほう、ずいぶん思《おも》いきったことをいうなあ。ペーケルハーリング先生《せんせい》は世界《せかい》的《てき》にも有名《ゆうめい》な医学者《いがくしゃ》だぞ。しかもこの論文《ろんぶん》のおかげで脚気《かっけ》の原因《げんいん》がわかったと、世界中《せかいじゅう》が大騒《おおさわ》ぎだ。もしきみの意見《いけん》が正《ただ》しければ、おもしろいことになる。どうだい、その意見《いけん》を論文《ろんぶん》に書《か》いてだしてみたらどうかな。」

レフレルにそううながされ、柴三郎《しばさぶろう》はその晩《ばん》、ペーケルハーリングの実験《じっけん》には欠点《けってん》があり、まったく価値《かち》がないこと、そしてペーケルハーリングとおなじような論文《ろんぶん》を発表《はっぴょう》していた、日本《にっぽん》の緒方正規《おがたまさのり》の説《せつ》もまちがっているという、真《ま》っ向《こう》から否定《ひてい》する内容《ないよう》の論文《ろんぶん》を書《か》きあげた。

だが、柴三郎《しばさぶろう》はこの論文《ろんぶん》を発表《はっぴょう》するかどうか、まよっていた。

「ペーケルハーリング博士《はかせ》はまだしも、緒方先生《おがたせんせい》はお世話《せわ》になった大切《たいせつ》な恩師《おんし》だ。その人《ひと》の意見《いけん》を否定《ひてい》することは、恩《おん》を仇《あだ》でかえすことになりはしないだろうか……。」

いま自分《じぶん》がしようとしていることは、人《ひと》としての道《みち》をはずれることなのではないか。けれど、このままでは、まちがった治療法《ちりょうほう》が世《よ》にひろまってしまうだろう。そうしたら、被害《ひがい》をうけるのは多《おお》くの罪《つみ》のない人《ひと》たちだ……。

正義《せいぎ》をとるか先生《せんせい》との絆《きずな》をとるか、柴三郎《しばさぶろう》はひと晩中《ばんじゅう》、一睡《いっすい》もすることができなかった。柴三郎《しばさぶろう》がここまでなやむのは、はじめてのことだった。

柴三郎《しばさぶろう》は正義《せいぎ》をとった。

「学問《がくもん》に私情《しじょう》をはさんではいけない。まちがいはまちがいとはっきりさせることが、医学《いがく》の進歩《しんぽ》にもつながるのだ。」

最終的《さいしゅうてき》に柴三郎《しばさぶろう》を行動《こうどう》にむかわせたのは、この道《みち》をこころざしたときから胸《むね》にある、医学《いがく》を発展《はってん》させて多《おお》くの人《ひと》を救《すく》いたい、という信念《しんねん》であった。

柴三郎《しばさぶろう》の論文《ろんぶん》が発表《はっぴょう》されたとたん、細菌学界《さいきんがっかい》は、たいへんな騒《さわ》ぎになった。柴三郎《しばさぶろう》の論文《ろんぶん》には根拠《こんきょ》がないと、非難《ひなん》する声《こえ》も多《おお》かった。しかし柴三郎《しばさぶろう》はあえて反論《はんろん》はせずに、すぐさま実験《じっけん》にとりかかった。そしてみずからの論文《ろんぶん》の正《ただ》しさを、実験結果《じっけんけっか》によって証明《しょうめい》してみせたのだった。

ドイツへ留学《りゅうがく》していた六年《ねん》のあいだに、柴三郎《しばさぶろう》は数多《かずおお》くの功績《こうせき》をあげた。

当時世界中《とうじせかいじゅう》で難病《なんびょう》とおそれられていた破傷風《はしょうふう》の菌《きん》を、世界《せかい》ではじめて単独《たんどく》で培養《ばいよう》することに成功《せいこう》し、世界中《せかいじゅう》に北里柴三郎《きたさとしばさぶろう》の名《な》をしらしめた。さらに破傷風《はしょうふう》菌《きん》の抗毒素《こうどくそ》を発見《はっけん》し、免疫血清療法《めんえきけっせいりょうほう》という、まったく新《あたら》しい治療法《ちりょうほう》をみちびきだした。おかげで、破傷風《はしょうふう》やジフテリアという不治《ふじ》の病《やまい》とされていたものが、治療《ちりょう》すればなおる病気《びょうき》になったのだ。

この功績《こうせき》がみとめられ、柴三郎《しばさぶろう》は日本人《にほんじん》ではじめてノーベル賞《しょう》の候補《こうほ》となり、ヨーロッパ各地《かくち》で賞賛《しょうさん》、歓迎《かんげい》された。

「ぜひわが国《くに》へ来《き》て研究《けんきゅう》をつづけてくれ。」

多《おお》くの国《くに》が、柴三郎《しばさぶろう》を最大級《さいだいきゅう》のもてなしでむかえいれようとした。しかし、柴三郎《しばさぶろう》がその申《もう》し出《で》をうけることはなかった。

「お言葉《ことば》はたいへんうれしく思《おも》います。しかし、わたしには日本《にっぽん》でやるべきことがある。わたしに勉強《べんきょう》する場《ば》をあたえてくれた母国《ぼこく》のために、この知識《ちしき》を役《やく》立《だ》てたいのです。」

「そうですか。とても残念《ざんねん》だが、それならばしかたがない。あなたがかえるのなら、きっと日本《にっぽん》の医学《いがく》は今後《こんご》すばらしいものになるでしょう。」

多《おお》くの国々《くにぐに》からおしまれつつも、柴三郎《しばさぶろう》は日本《にっぽん》への帰国《きこく》を決意《けつい》し、ヨーロッパの地《ち》をあとにしたのであった。

そして約《やく》三か月《げつ》の海《うみ》の旅《たび》をおえて、ようやく柴三郎《しばさぶろう》をのせた船《ふね》は、横浜《よこはま》の港《みなと》へとつこうとしていた。

「おお。夢《ゆめ》にまで見《み》た母国《ぼこく》の地《ち》が見《み》えてきたぞ！　なつかしいなあ。」

日本《にっぽん》の地《ち》が見《み》えてくるにしたがって、柴三郎《しばさぶろう》の胸《むね》には熱《あつ》いものがこみあげてきた。つらいことも多《おお》かった留学生活《りゅうがくせいかつ》や、港《みなと》にむかえにきているであろう、なかまたちの姿《すがた》が思《おも》いうかぶ。

「日本《にっぽん》のため、わたしはけんめいに研究《けんきゅう》してまいりました。そして、幸《しあわ》せなことにたくさんの成果《せいか》をあげることができた。これからは、北里柴三郎《きたさとしばさぶろう》、母国《ぼこく》のためにはたらきます！」

柴三郎《しばさぶろう》はうっすらと涙《なみだ》をうかべながら、どんどん大《おお》きくなってくる日本《にっぽん》の地《ち》へむかって大声《おおごえ》でさけび、敬礼《けいれい》をした。

ようやく港《みなと》が近《ちか》づいてきた。しかし、どうもようすがおかしい。歓迎《かんげい》の人《ひと》でごったがえしているかと思《おも》っていた港《みなと》が、ひどくひっそりとしているのだ。タラップをおり、日本《にっぽん》の地《ち》へおり立《た》ったとき、柴三郎《しばさぶろう》はあっけにとられた。むかえにきていたのは、妻《つま》のトラただひとりだったのである。

「あなた……。長《なが》いあいだ、おつとめご苦労《くろう》さまでした。」

涙《なみだ》ぐみながら、そうしみじみと頭《あたま》をさげるトラに、柴三郎《しばさぶろう》はたずねた。

「むかえはおまえ、ひとりか?」

「……。はい。そのようです。」

「これは、どういうことだ? 衛生局《えいせいきょく》のみんなは?」

「じつは、あなたさまの論文《ろんぶん》がけしからんと、日本《にっぽん》では騒《さわ》ぎになって……。」

トラはいいにくそうに、日本《にっぽん》であったことを話《はな》しはじめた。どうやら、緒方《おがた》正規《まさのり》の論文《ろんぶん》を否定《ひてい》したことが問題《もんだい》になったらしい。

「北里柴三郎《きたさとしばさぶろう》は、恩知《おんし》らずもはなはだしい。」

そう非難《ひなん》され、柴三郎《しばさぶろう》は知《し》らぬまに衛生局《えいせいきょく》での職《しょく》も解《と》かれてしまっていた。

もはや柴三郎《しばさぶろう》をうけいれるところはどこにもなかった。

「六年《ねん》ものあいだ日本《にっぽん》の医学《いがく》を発展《はってん》させるため、広《ひろ》がる伝染病《でんせんびょう》をなくすため、異国《いこく》の地《ち》で奮闘《ふんとう》してきたというのに……。」

柴三郎《しばさぶろう》は、ぼう然《ぜん》と立《た》ちつくしたまま、唇《くちびる》をかみしめた。

しかし、ここであきらめるわけにはいかなかった。ひさしぶりの母国《ぼこく》は、あまりにもひどい衛生状態《えいせいじょうたい》だった。路地《ろじ》へ一歩《いっぽ》はいれば、鼻《はな》をふさぎたくなるほどの悪臭《あくしゅう》がたちこめている。ハエがわがもの顔《がお》でとびまわり、ネズミもそこら中《じゅう》を走《はし》りまわっている。

「いくらなんでも、これはあまりにもひどい……。この日本《にっぽん》の衛生状態《えいせいじょうたい》をどうにかしなくては、たいへんなことになるぞ。わたししか、できるものはいない！」

柴三郎《しばさぶろう》は落《お》ちこむどころか、むしろ自分《じぶん》をふるい立《た》たせたのだった。

帰国《きこく》した柴三郎《しばさぶろう》は、ただひとり味方《みかた》となってくれた福沢諭吉《ふくざわゆきち》のたすけをかりて、日本《にっぽん》ではじめてとなる伝染病研究所《でんせんびょうけんきゅうじょ》を開設《かいせつ》した。そしてそこで伝染病菌《でんせんびょうきん》の研究《けんきゅう》をつづけながら、後継者《こうけいしゃ》の育成《いくせい》にも力《ちから》をそそいだ。そして日本《にっぽん》の衛生管理《えいせいかんり》と医療体制《いりょうたいせい》をととのえようと、生涯《しょうがい》をつうじて世《よ》の中《なか》にはたらきかけつづけたのだった。

そうした柴三郎《しばさぶろう》の献身的《けんしんてき》な努力《どりょく》こそが、世界一清潔《せかいいちせいけつ》な国《くに》と評価《ひょうか》されるいまの日本《にっぽん》をつくりあげたのである。

「研究《けんきゅう》だけやっていたのではだめだ。それをどうやって世《よ》の中《なか》に役立《やくだ》てるか考《かんが》えよ。」

後年《こうねん》、弟子《でし》や教《おし》え子《ご》たちに口《くち》ぐせのように語《かた》っていたというこの言葉《ことば》は、ひたすら世《よ》のため、医学《いがく》の発展《はってん》のために、目《め》に見《み》えない人類《じんるい》の敵《てき》と生涯《しょうがい》戦《たたか》いつづけた、柴三郎《しばさぶろう》の人生《じんせい》そのものだといえるだろう。

## ものしり偉人伝

# 命《いのち》がけで病原菌《びょうげんきん》と戦《たたか》った医学者《いがくしゃ》「野口英世《のぐちひでよ》」

明治《めいじ》から大正時代《たいしょうじだい》に活躍《かつやく》した、日本《にっぽん》を代表《だいひょう》する世《せ》界的《かいてき》な医学者《いがくしゃ》だ。

おさないころ左手《ひだりて》に大《おお》やけどをして、指《ゆび》がくっついてしまい、不自由《ふじゆう》になった英世《ひでよ》だったが、15歳《さい》のとき手術《しゅじゅつ》をうけて、また左手《ひだりて》が使《つか》えるようになった。これに感激《かんげき》した英世《ひでよ》は、人《ひと》をすくえる医学《いがく》の道《みち》をすすみはじめるんだ。

医者《いしゃ》の資格《しかく》をとり、北里柴三郎《きたさとしばさぶろう》の伝染病研究所《でんせんびょうけんきゅうじょ》で助手《じょしゅ》をつとめた英世《ひでよ》は、さらに研究《けんきゅう》の場《ば》をもとめてアメリカへわたった。そしてロックフェラー医学研《いがくけん》究所《きゅうじょ》で、毒《どく》ヘビの毒《どく》にきく血清《けっせい》をつくることに成功《せいこう》して、注目《ちゅうもく》されたんだ。その後《ご》も、おそろしい梅毒《ばいどく》菌《きん》の研究《けんきゅう》をすすめるなど、野口英世《のぐちひでよ》の名前《なまえ》は世界《せかい》に知《し》られるようになったんだよ。

やがて英世《ひでよ》は、黄熱病《おうねつびょう》の研究《けんきゅう》をするため、アフリカへわたった。黄熱病《おうねつびょう》は当時《とうじ》、なぞにつつまれた熱《ねっ》帯地方《たいちほう》のおそろしい病気《びょうき》だった。英世《ひでよ》はこの病原菌《びょうげんきん》を見《み》つけようとがんばったが、みずからが黄熱病《おうねつびょう》にかかり、死《し》んでしまったんだ。

齋藤孝の
偉人《いじん》かいせつ

## 北里柴三郎《きたさとしばさぶろう》

日本《にっぽん》の近代医学《きんだいいがく》を代表《だいひょう》する人物《じんぶつ》として、北里柴三《きたさとしばさぶ》郎《ろう》はもっと評価《ひょうか》されていいんじゃないかな。

北里柴三郎《きたさとしばさぶろう》はドイツへ勉強《べんきょう》しに行《い》って、言葉《ことば》も不《ふ》自由《じゆう》だろうし、「なにしに来《き》たんだ。」みたいな疑《うたが》いの目《め》もあった。でも彼《かれ》は、とにかく人《ひと》よりたくさん勉強《べんきょう》し、研究《けんきゅう》することで自分《じぶん》をみとめさせた。研究《けんきゅう》所《じょ》にとまりこむくらいにね。そうすると「じゃあこれをやってみたまえ。」と、もうすこしむずかしい課題《かだい》をあたえられ、また研究《けんきゅう》する。そのくりかえしだったんだ。

そして実力《じつりょく》をつけて日本《にっぽん》にかえってきた柴三郎《しばさぶろう》は、伝染病《でんせんびょう》の研究所《けんきゅうじょ》をつくるんだ。このとき協力《きょうりょく》をおしまなかった福沢諭吉《ふくざわゆきち》もそうだけれど、明治時代《めいじじだい》の日本人《にほんじん》というのは、それこそ寝《ね》る間《ま》もおしんで勉《べん》強《きょう》や研究《けんきゅう》をしていた。日本《にっぽん》をよくしようと、みんなでたすけあってがんばってくれた。そのおかげで日《にっ》本《ぽん》の医学《いがく》や科学《かがく》が発展《はってん》して、いまはすばらしいものになっている。北里柴三郎《きたさとしばさぶろう》はその先陣《せんじん》を切《き》った開拓《かいたく》者《しゃ》なんだよ。

自動織機《じどうしょっき》を発明《はつめい》し、世界《せかい》と競争《きょうそう》をはじめた実業家《じつぎょうか》

# 豊田佐吉《とよださきち》

豊田佐吉（1867 ～ 1930 年）
明治～昭和時代の発明家であり、実業家。苦心のすえ発明した豊田式自動織機は、外国から注文がくるほどのものだった。日本の産業の発展につくし、長男には自動車の製造をすすめ、いまのトヨタ自動車ができた。

「佐吉《さきち》のやつ、ついに気《き》が変《へん》になったみてえだぞ。もう十日《とおか》も納屋《なや》からでてきやしねえで、ブツブツわけわかんないことといってらあ。」

「そういや、発明《はつめい》するなんていって、いつまでたってもできねえなあ。とちゅうでおかしくなっちまったかい？」

「ほらふき大工《だいく》の佐吉《さきっ》つぁん、でてこいよお。発明品《はつめいひん》とやらを見《み》せてみろ。」

おさななじみたちのはやしたてる声《こえ》が、納屋《なや》の中《なか》にいる佐吉《さきち》の耳《みみ》に、いやでもはいってくる。

「くそ！　みんなしておいらをバカにしやがって。いまに見《み》てろ。いつかぜったい発明《はつめい》を成功《せいこう》させてやる！　そんでおいらのつくった機械《きかい》で、日本《にっぽん》を豊《ゆた》かな国《くに》にしてやるんだ！」

外国《がいこく》には、自分《じぶん》とおなじように学歴《がくれき》もなく貧《まず》しいながらも、偉大《いだい》な発明《はつめい》をした人《ひと》が何人《なんにん》もいる。そのことを知《し》ったときから、「発明《はつめい》」は、豊田佐吉《とよださきち》のすべてになった。

「いままでだれも考《かんが》えつかなかったような便利《べんり》なものを自分《じぶん》の手《て》でつくることができれば、日本《にっぽん》はもっともっと豊《ゆた》かになる。こんな自分《じぶん》でも国《くに》の役《やく》に立《た》てるんだ。やってやるぞお。」

佐吉《さきち》はそう思《おも》うと、ふたたび作業《さぎょう》にとりかかった。

一八九〇年《ねん》四月《がつ》。世界中《せかいじゅう》のすぐれた機械《きかい》をあつめた博覧会《はくらんかい》が、東京《とうきょう》の上野《うえの》で開催《かいさい》されていた。その機械館《きかいかん》の実演《じつえん》コーナーに、豊田佐吉《とよださきち》はいた。母親《ははおや》が毎晩《まいばん》バッタンバッタンと機《はた》を織《お》るすがたを見《み》て、もっと便利《べんり》な機織《はたお》り機《き》を発明《はつめい》しようと決意《けつい》はしたものの、まわりからは変人《へんじん》あつかいされるだけで、てんでいい知恵《ちえ》がうかばない。そこで、本物《ほんもの》の機械《きかい》とやらを間近《まぢか》で見《み》て、研究《けんきゅう》しようと思《おも》ったのだ。

毎日毎日《まいにちまいにち》、朝《あさ》から晩《ばん》まで機械館《きかいかん》にいりびたり、実演《じつえん》がはじまると正面《しょうめん》にすわりこんで、うごく機械《きかい》をひたすら観察《かんさつ》した。

「あのベルトの先《さき》にエンジンというものがあるのだな。なぜ、あの歯車《はぐるま》とこの歯車《はぐるま》が同時《どうじ》にうごくのだろう。うーん。複雑《ふくざつ》だなあ。」

ぶつぶつとひとり言《ごと》をつぶやきながら、機械《きかい》を見《み》つめたり模写《もしゃ》したりしている佐吉《さきち》の姿《すがた》は、会場中《かいじょうじゅう》のお客《きゃく》の目《め》をひくほど異様《いよう》であった。

二週間《しゅうかん》ほどたったころ、さすがに係員《かかりいん》が見《み》かねて佐吉《さきち》のもとへやってきた。

「きみは毎日《まいにち》、正面《しょうめん》にすわりこんでなにをしている。ちょっとはほかのお客《きゃく》への迷惑《めいわく》も考《かんが》えてくれ！　さあ、どけどけ！」

そうどなっておいだそうとすると、佐吉《さきち》はひるむどころか、ぶぜんとした表《ひょう》情《じょう》で立《た》ちあがった。

「おじさん！　あなたは外国《がいこく》の機械《きかい》ばかりを毎日《まいにち》見《み》ているのに、くやしくはないのですか。おいらは外国《がいこく》をおいこせるような新《あたら》しい機械《きかい》を発明《はつめい》してやろうと、勉強《べんきょう》にきてるんです。何度《なんど》も見《み》にきてなにが悪《わる》いんですか！」

と大声《おおごえ》で怒鳴《どな》りかえした。そしてまた何事《なにごと》もなかったかのように、あぐらをかいて機械《きかい》を観察《かんさつ》しはじめた。係員《かかりいん》はあっけにとられ、それ以上《いじょう》なにもいいかえすことができなかった。けっきょく博覧会《はくらんかい》がおわるまで、佐吉《さきち》は一日《にち》も休《やす》むことなくかよいつづけたのだった。

佐吉《さきち》の頭《あたま》の中《なか》は、つねに発明《はつめい》のことでいっぱいだった。博覧会《はくらんかい》へかようため

泊《と》まっていた宿屋《やどや》では、

「あのお客《きゃく》は、部屋《へや》にはいったとたん、なにやら紙《かみ》に線《せん》ばかりひいている。気《き》味《み》が悪《わる》い。」

とおいだされ、滞在中《たいざいちゅう》に何軒《なんげん》も宿《やど》をかえなければならなかった。

家《いえ》でも作業場《さぎょうば》にしていた納屋《なや》にはいると、食事《しょくじ》をとることすらわすれてしまい、気《き》がつくと朝《あさ》になっていることもしょっちゅうであった。いったん発明《はつめい》についで考《かんが》えはじめると、まわりがまったく見《み》えなくなってしまうのだ。

しかしどんなに試行錯誤《しこうさくご》をかさねても、なかなか発明《はつめい》はうまくいかない。小《しょう》学校《がっこう》しかでていない佐吉《さきち》の知識《ちしき》では、あきらかに限界《げんかい》があった。けれど発明《はつめい》をとちゅうでほうりだすことはできなかった。

「いまあきらめたら、おいらをバカにしたやつらのいうとおりになってしまう。そんなことはさせるもんか。ぜったい、ぜったい成功《せいこう》させてやる。おいらにはできるはずだ！」

なげだしそうになるたびに、佐吉《さきち》は歯《は》を食《く》いしばりながらそう自分《じぶん》にいいきかせた。なんどもなんども設計図《せっけいず》を書《か》いては模型《もけい》をつくり、こわしてはまたつくりなおし、血《ち》のにじむような苦労《くろう》をかさねた。そしてついに、いまより何倍《なんばい》もはやく機《はた》を織《お》ることができる「豊田式木製人力織機《とよたしきもくせいじんりきしょっき》」を発明《はつめい》したのである。

佐吉《さきち》が十八歳《さい》で発明《はつめい》をこころざしてから、五年後《ねんご》のことであった。

念願《ねんがん》の発明品《はつめいひん》が完成《かんせい》しても、佐吉《さきち》の発明《はつめい》への熱意《ねつい》はとぎれることがなかった。周囲《しゅうい》の冷《つめ》たい視線《しせん》などものともせず、さらなる研究《けんきゅう》をかさねた。

そしてはじめての発明《はつめい》から六年後《ねんご》には、人《ひと》の手《て》をつかわず、水力《すいりょく》や蒸気《じょうき》の力《ちから》で機械《きかい》をうごかすことのできる動力織機《どうりょくしょっき》を、日本《にっぽん》で最初《さいしょ》に発明《はつめい》・完成《かんせい》させた。これで豊田佐吉《とよださきち》の名《な》は、日本一《にほんいち》の織機《しょっき》の発明者《はつめいしゃ》として日本中《にほんじゅう》に知《し》られることとなった。

佐吉《さきち》がひらいた織物工場《おりものこうじょう》は見学者《けんがくしゃ》で連日《れんじつ》あふれかえり、そのなかにはのちに総理大臣《そうりだいじん》になる大隈重信《おおくましげのぶ》もいた。

「豊田《とよだ》さん。発明《はつめい》という仕事《しごと》は外国《がいこく》との知恵《ちえ》くらべです。彼《かれ》らにまけないよう精進《しょうじん》してください。」

「はい……！　ありがとうございます！」

大隈《おおくま》からの激励《げきれい》の言葉《ことば》に、佐吉《さきち》は胸《むね》にこみあげてくる熱《あつ》いものをおさえることができなかった。どんなにバカにされても発明《はつめい》することをあきらめなかった佐吉《さきち》の努力《どりょく》がむくわれた瞬間《しゅんかん》であった。

日本《にっぽん》でみとめられても、佐吉《さきち》にとっての目標《もくひょう》は、あくまでも「世界《せかい》」だった。

発明品《はつめいひん》が売《う》れて資金《しきん》ができると、欧米《おうべい》の織物工場《おりものこうじょう》にまではるばる見学《けんがく》にいった。そのたびに、想像以上《そうぞういじょう》に大規模《だいきぼ》な農場《のうじょう》や工場《こうじょう》に圧倒《あっとう》され、大《おお》いなる刺激《しげき》をうけてかえってくるのだった。

「やはり上《うえ》には上《うえ》があるのう。おいらたちなんぞまだまだじゃ！」

「そんなに大《おお》きいのでございますか？　海外《かいがい》の工場《こうじょう》は。」

佐吉《さきち》は、目《め》をかがやかせながら社員《しゃいん》たちにこたえた。

「大《おお》きいなんてもんじゃない。まるで村《むら》ひとつがまるごと工場《こうじょう》のようなでかさだ。しかもムダがない。機械《きかい》の数《かず》が、けたちがいなのもさることながら、徹底《てってい》したながれ作業《さぎょう》でつぎつぎと製品《せいひん》をつくる。いやあ、おそれいったよ。」

佐吉《さきち》は、自分自身《じぶんじしん》にもいいきかせるようにいった。

「自分《じぶん》のまわりだけしか見《み》ていないと、いかんな。小《ちい》さくまとまるだけじゃな。障子《しょうじ》をあけてみろ。世界《せかい》はひろいぞお～。みなもよく肝《きも》に銘《めい》じておけ！」

外国《がいこく》の工場《こうじょう》のすばらしさを身《み》ぶり手《て》ぶりで説明《せつめい》しながら、息子《むすこ》の喜一郎《きいちろう》や社《しゃ》員《いん》たちを叱咤《しった》激励《げきれい》し、そこからまた力《ちから》をあわせて、新《あら》たな発明《はつめい》に全力《ぜんりょく》をそそぐのだった。

そうして研究開始《けんきゅうかいし》から二十数年《すうねん》かかって、豊田佐吉《とよださきち》はようやく自動織機《じどうしょっき》をつくりあげた。この日本独自《にほんどくじ》の自動織機《じどうしょっき》は世界中《せかいじゅう》から絶賛《ぜっさん》され、世界一《せかいいち》の製品《せいひん》としてみとめられることとなった。けっしてやむことのなかった「世界《せかい》においつきおいこせ」の思《おも》いは、ついに実《み》をむすんだのだった。

「人間《にんげん》のやったことは、人間《にんげん》がまだやれることの百分《ぶん》の一にすぎない。あきらめなければかならず道《みち》はある、かならず。」

そう語《かた》り、人生《じんせい》を発明《はつめい》にささげた佐吉《さきち》は、生涯《しょうがい》をつうじて百十九件《けん》もの発明《はつめい》を世《よ》にだした。

この佐吉《さきち》のあゆみが、日本《にっぽん》の産業界《さんぎょうかい》の、いちじるしい発展《はってん》のいしずえとなった。そしてその精神《せいしん》と技術《ぎじゅつ》は、息子《むすこ》喜一郎《きいちろう》の手《て》によって自動車産業《じどうしゃさんぎょう》へとうけつがれ、いまもなお世界《せかい》の「トヨタ」の企業理念《きぎょうりねん》として生《い》きつづけている。

## ものしり偉人伝

# 世界《せかい》のホンダを立《た》ちあげた人物《じんぶつ》「本田宗一郎《ほんだそういちろう》」

本田技研工業《ほんだぎけんこうぎょう》を設立《せつりつ》し、トヨタ自動車《じどうしゃ》とならぶ、世界一流《せかいいちりゅう》のメーカーにそだてあげた実業家《じつぎょうか》だ。

若《わか》くして小《ち》さな工場《こうじょう》をひらいた宗一郎《そういちろう》は、あるとき軍《ぐん》がすてていた小型《こがた》エンジンに目《め》をつけた。これを自転車《じてんしゃ》にとりつけて売《う》りだしたところ、「楽《らく》ちんだ。」と大《だい》ヒットしたんだ。それから宗一郎《そういちろう》はエンジンの研究開発《けんきゅうかいはつ》にとりかかり、坂道《さかみち》も軽々《かるがる》のぼれるオートバイ、ドリームE型《イーがた》を完成《かんせい》させた。さらに、音《おと》がしずかで、だれでも使《つか》いやすいスーパーカブを発売《はつばい》すると、バイクといっしょにHONDA《ホンダ》の名前《なまえ》は世界中《せかいじゅう》にひろまっていったんだ。

宗一郎《そういちろう》はホンダチームをつくり、世界的《せかいてき》なオートバイレースに参戦《さんせん》した。つねに最高《さいこう》をめざして競争《きょうそう》をすることが、自分《じぶん》の技術《ぎじゅつ》を高《たか》めていくと考《かんが》えたからだ。さらにその後《ご》、自動車《じどうしゃ》の部門《ぶもん》でも長《なが》くF1《エフワン》に参戦《さんせん》し、ホンダエンジンの性能《せいのう》のすばらしさを世界《せかい》に見《み》せつけたんだ。宗一郎《そういちろう》なきいまでも、あるくロボットの開発《かいはつ》など、いろいろな方面《ほうめん》で彼《かれ》のチャレンジ精神《せいしん》は引《ひ》きつがれている。

齋藤孝の偉人《いじん》かいせつ

# 豊田佐吉《とよださきち》

佐吉《さきち》は工夫《くふう》に工夫《くふう》をかさねて、世界《せかい》にほこれる織機《しょっき》を発明《はつめい》した！　その「発明《はつめい》の精神《せいしん》」が、いまや世界《せかい》ナンバーワンのトヨタ自動車《じどうしゃ》につながっているんだね。

佐吉《さきち》の話《はなし》から発明《はつめい》のポイントを考《かんが》えてみると、よく観察《かんさつ》する、あきらめない、そして何度《なんど》もためしてみる、ということなんじゃないかと思《おも》う。何度《なんど》もためしてみることで、ちょっとずつよくなり、すばらしいレベルにまでたどりつけるわけだね。

ぼくは、勉強《べんきょう》や仕事《しごと》など、みんながやっていること自体《じたい》が発明《はつめい》のようなものだと思《おも》うんだ。たとえばきみがピアノを習《なら》っていて、うまく弾《ひ》けないフレーズがあったとする。そのとき、もしかしてこうするとうまく弾《ひ》けるんじゃないかとためしてみる。発明《はつめい》とはそういうことだ。勉強《べんきょう》でもスポーツでもなんでもそうなんだけど、「発明《はつめい》の精神《せいしん》」をもって取《と》り組《く》むことで、しっかりとした観察《かんさつ》もできるんじゃないかな。なにかに取《と》り組《く》むときは、発明家《はつめいか》になったような気持《きも》ちをもつといいね。

# 紫式部《むらさきしきぶ》

外国《がいこく》でも読《よ》まれている、世界最古《せかいさいこ》の長編小説《ちょうへんしょうせつ》の作家《さっか》

紫式部（978 年ごろ～ 1016 年ごろ）
平安時代の女性文学者。一条天皇の中宮である
彰子につかえつつ、宮廷生活を舞台にした長編小説
『源氏物語』を書きあげた。日本文学最高の古典とされる
この作品は、世界でも高い評価をうけている。

みじかい結婚生活《けっこんせいかつ》だった。

結婚《けっこん》してわずか二年《ねん》あまり。夫《おっと》の藤原宣孝《ふじわらののぶたか》が亡《な》くなったのは、娘《むすめ》の賢子《けんし》がようやくふたつになろうかというときだった。ここしばらくは自分《じぶん》のところからすっかり足《あし》が遠《とお》のいていた夫《おっと》だったけれど、もうこの世《よ》にいないと思《おも》うと、心《こころ》にぽっかり穴《あな》があいてしまったような気分《きぶん》になる。

「人《ひと》の命《いのち》はなんとはかないのかしら。いつ死《し》ぬかもわからぬこの世《よ》を、これからどう生《い》きていけばいいのだろう。」

そんな弱気《よわき》な言葉《ことば》ばかりがこみあげてくる。式部《しきぶ》は、ぼうっと外《そと》をながめながら深《ふか》いため息《いき》をついた。

「いままではあんなに美《うつく》しいと感《かん》じていたのに、晴《は》れわたった空《そら》も、どこかさびしげに思《おも》えてくるわ。」

そうつぶやいてから、近《ちか》ごろは外《そと》をながめてばかりの自分《じぶん》に気《き》づき、式部《しきぶ》はまたひとつため息《いき》をついた。

夫《おっと》の死後《しご》、式部《しきぶ》は、いままで以上《いじょう》に大《だい》すきな読書《どくしょ》に没頭《ぼっとう》するようになった。おさないころから大《だい》の勉強《べんきょう》ずきで、男性《だんせい》の学問《がくもん》だとされていた漢字《かんじ》ばかりの本《ほん》だって、式部《しきぶ》は、スラスラと読《よ》むことができる。

「おまえが男《おとこ》だったらどんなによかったことか。」

父親《ちちおや》からは、ことあるごとにそういわれたくらいだ。内気《うちき》でひっこみ思案《じあん》の式部《しきぶ》にとって、本《ほん》はおさないころからずっと、いちばんの友《とも》だちだったのである。

『竹取物語《たけとりものがたり》』『伊勢物語《いせものがたり》』『宇津保物語《うつほものがたり》』といった架空《かくう》の物語《ものがたり》から、日本《にっぽん》の歴史《れきし》をまとめた『日本紀《にほんぎ》』や中国《ちゅうごく》の文学《ぶんがく》である『白氏文集《はくしもんじゅう》』まで、かたっぱしから、ありとあらゆる本《ほん》を式部《しきぶ》は読《よ》んだ。

なかでもとくにすきだったのは、物語《ものがたり》のたぐいであった。何度《なんど》もくりかえし読《よ》んでは、その物語《ものがたり》の世界《せかい》に思《おも》いをはせ、

「わたしだったらこういう話《はなし》にするわ。」

「もっと現実的《げんじつてき》なほうがおもしろいのに。」

と、いつか自分《じぶん》が物語《ものがたり》を書《か》くときを思《おも》いうかべて、構想《こうそう》をねるのが楽《たの》しみだった。

そんなある日《ひ》。あそびにきたおさななじみと、いつものように『竹取物語《たけとりものがたり》』の感想《かんそう》をいいあっていたときのことである。

「あなたは和歌《わか》もおじょうずだし、自分《じぶん》で物語《ものがたり》を書《か》いてみたらどうかしら。」

とつぜんの友人《ゆうじん》からの提案《ていあん》に、式部《しきぶ》は目《め》をまるくし、すこしほおを赤《あか》らめた。じつは自分《じぶん》でも書《か》いてみたいと、ずっと思《おも》い描《えが》いていたことを見《み》すかされたようで、気《き》はずかしくなったのだ。

「わたしに書《か》けるかしら。」

「ぜったいに書《か》けるわよ。書《か》いたらぜひ読《よ》ませてね。」

「そうね。ちょっと、書《か》いてみようかしら……。」

つぎの日《ひ》から、式部《しきぶ》はさっそく机《つくえ》にむかって物語《ものがたり》を書《か》きはじめた。

「まるでありえないようなつくり話《ばなし》ではおもしろくないわ。どうせ書《か》くなら、本当《ほんとう》のような物語《ものがたり》がいい。実際《じっさい》の人物《じんぶつ》や歴史《れきし》も登場《とうじょう》させてみるのはどうかしら。」

実際《じっさい》に書《か》きはじめると、式部《しきぶ》の頭《あたま》の中《なか》にはどんどんアイディアがあふれてきた。

「主人公《しゅじんこう》は若《わか》くて美《うつく》しい男《おとこ》のかたにしましょう。……そうね。舞台《ぶたい》は、だれもがあこがれるはなやかな宮中《きゅうちゅう》。うん、それがいいわ！」

天皇《てんのう》の皇子《おうじ》として生《う》まれた、美《うつく》しく才能《さいのう》にあふれた少年《しょうねん》、光源氏《ひかるげんじ》を主人公《しゅじんこう》として、式部《しきぶ》は物語《ものがたり》を書《か》きはじめた。すこしずつ書《か》きためては、おさななじみの友人《ゆうじん》に読《よ》ませてみた。そして感想《かんそう》をきいてはそれを参考《さんこう》にし、また式部《しきぶ》は物語《ものがたり》づくりに夢中《むちゅう》になっていった。

文字数《もじすう》がきまっている和歌《わか》とはちがい、はてしなくつづけることができる物《もの》語《がたり》。書《か》くことはとてもむずかしかったけれど、自分《じぶん》の頭《あたま》の中《なか》だけでひろがっていた世界《せかい》がかたちになっていくことは、とても楽《たの》しかった。そして書《か》いている

ときだけは、夫《おっと》を失《うしな》ったさびしさも日々《ひび》の不安《ふあん》も、すっかりわすれることができたのだった。

数年後《すうねんご》、おもしろい物語《ものがたり》を書《か》く女《おんな》がいるという式部《しきぶ》のうわさは、宮中《きゅうちゅう》にまでひろまった。父《ちち》はある日《ひ》、式部《しきぶ》をよびとめてこういった。

「そなたの物語《ものがたり》は宮中《きゅうちゅう》でも話題《わだい》になっておるぞ。知《し》っておったか?」

「いえ。」

「藤原道長公《ふじわらのみちながこう》の耳《みみ》にまではいっておってのう。そんなにおもしろい物語《ものがたり》が書《か》けるほどの知識《ちしき》と教養《きょうよう》がある者《もの》ならぜひにと、そなたを娘彰子《むすめしょうし》さまの教育係《きょういくがかり》としてよびよせたいと申《もう》されるのじゃ。」

「わたしが? 宮中《きゅうちゅう》にですって!? 人《ひと》づきあいの苦手《にがて》なわたしにつとまるかし

ら……。」

「しかし道長公《みちながこう》のご命令《めいれい》じゃ。式部《しきぶ》、ありがたく宮中《きゅうちゅう》へつとめにまいれ。」

こうして紫式部《むらさきしきぶ》は、ときの権力者《けんりょくしゃ》、藤原道長《ふじわらのみちなが》にみとめられ、宮中《きゅうちゅう》にはいることとなった。二十九歳《さい》のときのことだった。

内気《うちき》な式部《しきぶ》にとって、はなやかでたくさんの人《ひと》とせっする宮中《きゅうちゅう》の生活《せいかつ》はたいへんつかれるものだったが、実際《じっさい》に宮中《きゅうちゅう》で生活《せいかつ》してみると、物語《ものがたり》を書《か》くうえで参考《さんこう》になることばかりだった。

「宮中《きゅうちゅう》にすむかたたちは、みな思《おも》っていた以上《いじょう》にはなやかな生活《せいかつ》をなさってておられるわ。恋《こい》もここまで奔放《ほんぽう》だとは思《おも》わなかったわ。やっぱり実際《じっさい》に生活《せいかつ》してみないとわからないことも多《おお》いわね。」

式部《しきぶ》は、自分《じぶん》で見《み》たことや体験《たいけん》したことも、さりげなく物語《ものがたり》の中《なか》におりまぜ、宮中《きゅうちゅう》でも時間《じかん》を見《み》つけては物語《ものがたり》のつづきを書《か》きすすめていった。そして、いつのまにか式部《しきぶ》の物語《ものがたり》は、宮中《きゅうちゅう》でくらす人《ひと》たちの楽《たの》しみのひとつとなっていた。宮中《きゅうちゅう》の廊下《ろうか》をあるいていると、たびたびよびとめられ、

「紫式部《むらさきしきぶ》どの。その後《ご》、物語《ものがたり》のつづきはできたかしら。夕顔《ゆうがお》とであったところまで読《よ》んだのだけれど、毎日《まいにち》つづきが気《き》になってしかたがないのよ。」

「あら。わたしはまだそこまで読《よ》んでないわ。夕顔《ゆうがお》の場面《ばめん》まで、今度貸《こんどか》してくださる？」

「ええ。あとでおもちいたしますわ。つづきはもう少々《しょうしょう》おまちくださいませ。」

「それでは、できたらわたしにいちばんに読《よ》ませてくださいな。」

などと、つづきを催促《さいそく》されることもしばしばだった。

みながみな、物語《ものがたり》のつづきをいまかいまかとまちわびては、楽《たの》しみに読《よ》んで

くれる。これは紫式部《むらさきしきぶ》にとって、このうえないほどの喜《よろこ》びだった。

「人《ひと》とうまく話《はな》せないから、いつも誤解《ごかい》されやすいわたしだけれど、この物語《ものがたり》のおかげでみんなにみとめてもらえる。『源氏物語《げんじものがたり》』は、わたしの生《い》きがいだわ。」

周囲《しゅうい》からほめられるたび、式部《しきぶ》はこの気持《きも》ちをあらたにした。そしてますます、おもしろい話《はなし》を書《か》こうと、筆《ふで》がすすむのだった。

こうして紫式部《むらさきしきぶ》は、主人公《しゅじんこう》、光源氏《ひかるげんじ》の一生《いっしょう》からその子《こ》、孫《まご》の代《だい》まで、約《やく》八十年《ねん》にわたる壮大《そうだい》な物語《ものがたり》『源氏物語《げんじものがたり》』を、十年《ねん》の年月《ねんげつ》をかけて書《か》きあげた。貴族社会《きぞくしゃかい》に生《い》きる主人公《しゅじんこう》をとおして、愛《あい》と憎《にく》しみ、理想《りそう》と現実《げんじつ》など、いつの時代《じだい》もかわることのない人間《にんげん》の本質《ほんしつ》を描《えが》いた『源氏物語《げんじものがたり》』。古《ふる》さを感《かん》じさせな多《おお》い壮大《そうだい》なストーリーは、時代《じだい》をこえ、書《か》かれてから千年以上《ねんいじょう》たったいまも、多くの人《ひと》に読《よ》みつがれている。

そしてもっとも古《ふる》い長編小説《ちょうへんしょうせつ》として、日本《にっぽん》をとびだし、いまや世界各国《せかいかっこく》の言葉《ことば》にも翻訳《ほんやく》されているのである。

## ものしり偉人伝

# 日本初《にっぽんはつ》の女性《じょせい》エッセイスト「清少納言《せいしょうなごん》」

平安時代《へいあんじだい》を代表《だいひょう》する文学作品《ぶんがくさくひん》で、日本《にっぽん》ではじめてのエッセイ集《しゅう》『枕草子《まくらのそうし》』を書《か》いた女性《じょせい》だ。

清少納言《せいしょうなごん》は頭《あたま》がよく、学問《がくもん》が好《す》きだったうえ、お父《とう》さんが歌人《かじん》の清原元輔《きよはらのもとすけ》ということもあって、和歌《わか》や漢文《かんぶん》にくわしかったんだ。また、性格《せいかく》は明《あか》るく勝《か》ち気《き》で、みんなの注目《ちゅうもく》をあつめる存在《そんざい》だったようだよ。

清少納言《せいしょうなごん》は、天皇《てんのう》の中宮《ちゅうぐう》（お妃《きさき》）である藤原定子《ふじわらのていし》につかえていた。そして宮廷《きゅうてい》での生活《せいかつ》のあいだに、身《み》のまわりでおきたできごとや、感《かん》じたことを日記《にっき》のように書《か》きしるした。こうして書《か》かれた300編《べん》あまりの文章《ぶんしょう》をまとめたものが「春《はる》はあけぼの」という書《か》き出《だ》しで有名《ゆうめい》な『枕草子《まくらのそうし》』なんだ。とくに自然《しぜん》の美《うつく》しさについて書《か》かれた文章《ぶんしょう》は、豊《ゆた》かな感受性《かんじゅせい》のあらわれた名文《めいぶん》とされているよ。

おなじく天皇《てんのう》の中宮《ちゅうぐう》だった藤原彰子《ふじわらのしょうし》につかえていた紫式部《むらさきしきぶ》とは、文章《ぶんしょう》を書《か》く教養《きょうよう》のある女性《じょせい》であり、その立場《たちば》もおなじようなこともあって、おたがい気《き》になるライバル関係《かんけい》だったんだ。

齋藤孝の
偉人《いじん》
かいせつ

## 紫式部《むらさきしきぶ》

　紫式部《むらさきしきぶ》は、世界《せかい》でもっとも古《ふる》い時代《じだい》に、完成度《かんせいど》の高《たか》い小説《しょうせつ》を書《か》いた人《ひと》だ！　『源氏物語《げんじものがたり》』は、いまの時代《じだい》でもおもしろく読《よ》めるお話《はなし》で、すぐれた文学《ぶんがく》作品《さくひん》として世界《せかい》でも評価《ひょうか》が高《たか》いんだ。

　源氏物語《げんじものがたり》がすばらしいのは、当時《とうじ》の女性《じょせい》の目《め》から見《み》た、男性《だんせい》や恋愛《れんあい》、日々《ひび》のくらしなどがリアルに描《えが》けていること。「男《おとこ》ってこういうものよね。」みたいな内容《ないよう》が、えぐるように書《か》かれている。

「春《はる》はあけぼの」ではじまる『枕草子《まくらのそうし》』を書《か》いた清少納言《せいしょうなごん》もおなじ平安時代《へいあんじだい》の人《ひと》。彼女《かのじょ》もまたセンスのある作家《さっか》だった。紫式部《むらさきしきぶ》とはタイプがちがい、自分《じぶん》の考《かんが》え、エッセイを書《か》くのが得意《とくい》だった。

　じつは、このふたりはライバル同士《どうし》で、「あの人《ひと》は知《し》ったかぶりだ。」とか、おたがいにいろいろ悪口《わるくち》をいいあっていたんだよ。このふたりがおなじ時代《じだい》できそっていたというのは、ダ・ビンチとミケランジェロが、おなじルネサンス時代《じだい》のライバルとしてはりあっていたこととよく似《に》ていて、とてもおもしろいね。

# 千《せんの》利《り》休《きゅう》

わび、さびの心《こころ》を大切《たいせつ》にした、日本茶道《にっぽんさどう》の完成者《かんせいしゃ》

千利休（1522 ～ 1591 年）
安土桃山時代の茶道家。織田信長、豊臣秀吉には、
茶の師匠としてつかえた。むだをそぎおとし、
質素な美しさをもとめた利休の茶は、
わび茶といわれ、日本の芸術のひとつとなっている。

シャッシャッシャッ。

目《め》がくらむほどにまばゆい黄金《おうごん》の茶室《ちゃしつ》の中《なか》に、茶《ちゃ》をたてる音《おと》だけがひびきわたる。利休《りきゅう》はしずかに茶《ちゃ》せんをおき、そっときげんをうかがいながら、金色《こんじき》の茶碗《ちゃわん》を豊臣秀吉《とよとみひでよし》の前《まえ》にさしだした。秀吉《ひでよし》は満足《まんぞく》げにうなずいて、いった。

「うむ。やはりここでの茶《ちゃ》は気分《きぶん》がよいな、気持《きも》ちが明《あか》るくなってくるわ。おぬしは簡素《かんそ》で地味《じみ》こそが茶《ちゃ》の湯《ゆ》の精神《せいしん》だとしきりにいうが、わしはこのくらい派手《はで》なほうがすきじゃ。うむうむ。たいそうなお手前《てまえ》、利休《りきゅう》の茶《ちゃ》はいつもまことに最高《さいこう》じゃ。」

「おそれいりまする。」

「茶《ちゃ》の湯《ゆ》の世界《せかい》は、ただの茶飲《ちゃの》みとはわけがちがう。まことに奥深《おくぶか》いものじゃ。そして自由《じゆう》に茶会《ちゃかい》をひらくことができるのは、天下《てんか》とりのあかし。そこ

でじゃ、わしは天下統一《てんかとういつ》をはたした祝《いわ》いとして、うんと盛大《せいだい》な茶会《ちゃかい》をひらきたいと思《おも》う。利休《りきゅう》、手《て》つだってはもらえぬか。」

「茶会《ちゃかい》、でございますか。」

「そうだ。わしが天下人《てんかびと》だということを、日本中《にほんじゅう》に知《し》らしめたいのじゃ。」

「ありがたきしあわせ。それでは、公家《くげ》や武士《ぶし》のかただけでなく、町人《ちょうにん》や農民《のうみん》まで、日本中《にほんじゅう》の民《たみ》を招待《しょうたい》いたしましょう。そうすれば、日本《にっぽん》のすみずみまで、秀吉《ひでよし》どのの度量《どりょう》の大《おお》きさや偉大《いだい》さを知《し》らしめることができましょう。」

「なるほど。いや、さすがは利休《りきゅう》、いい考《かんが》えじゃ。そうとくれば、国《くに》をあげての大宴会《だいえんかい》じゃな。わっはっは。」

戦国時代《せんごくじだい》、茶《ちゃ》の湯《ゆ》は武士《ぶし》のたしなみとして親《した》しまれ、政治《せいじ》の世界《せかい》においても大《おお》きな役割《やくわり》をになっていた。戦国武将《せんごくぶしょう》たちはこぞって茶《ちゃ》をならい、よい茶器《ちゃき》を買《か》いあつめた。そして密室《みっしつ》となる茶室《ちゃしつ》は、しばしば武将《ぶしょう》たちの密談《みつだん》の場《ば》となった。

日本一《にほんいち》の茶人《ちゃじん》として武将《ぶしょう》たちに茶《ちゃ》を教《おし》え、茶会《ちゃかい》をひらいていた利休《りきゅう》は、しぜんと政治《せいじ》の世界《せかい》にくわしくなり、天下人《てんかびと》の秀吉《ひでよし》からも意見《いけん》をもとめられるほどの権力《けんりょく》をもつようになっていた。秀吉《ひでよし》の行《い》くところにはかならずつきそい、そこが合戦《かっせん》の場《ば》であっても茶《ちゃ》をたててもてなした。秀吉《ひでよし》と利休《りきゅう》は、まさに一心同体《いっしんどうたい》であった。

天下統一《てんかとういつ》をはたした豊臣秀吉《とよとみひでよし》は、自分《じぶん》の力《ちから》を知《し》らしめようと、北野天満宮《きたのてんまんぐう》で大茶会《だいちゃかい》「北野大茶の湯《きたのおおちゃのゆ》」を盛大《せいだい》にとりおこなった。これは、一般《いっぱん》の民衆《みんしゅう》までもが参加《さんか》する国民的大行事《こくみんてきだいぎょうじ》となった。敷地《しきち》いっぱいに八百以上《いじょう》の茶席《ちゃせき》が用意《ようい》され、秀吉《ひでよし》はみずから茶《ちゃ》をたてて人々《ひとびと》にふるまった。

「さすが利休《りきゅう》どの。なんとすばらしいお茶会《ちゃかい》でしょう。秀吉《ひでよし》さまもたいそう満足《まんぞく》そうにしておられます。」

「こんな盛大《せいだい》ではなやかな茶会《ちゃかい》は見《み》たことがありません。圧巻《あっかん》ですな。」

参加《さんか》した人々《ひとびと》は、口々《くちぐち》にこの茶会《ちゃかい》を演出《えんしゅつ》した利休《りきゅう》をほめたたえた。利休《りきゅう》はすなおに喜《よろこ》びを感《かん》じながらも、内心《ないしん》はすこし複雑《ふくざつ》だった。

「ただ茶《ちゃ》を飲《の》むだけにこんなにも多《おお》くの人々《ひとびと》がつどい、楽《たの》しんでいるのを間近《まぢか》で見《み》ることができたのは、心《こころ》からうれしく思《おも》う。しかし、わたしが追求《ついきゅう》している茶《ちゃ》の湯《ゆ》とは、はたしてこんなにもはなばなしいものだったろうか。本当《ほんとう》はもっと身近《みぢか》で素朴《そぼく》なものだったはず……。」

そしてこうも思《おも》うのだった。

「すべては茶《ちゃ》の湯《ゆ》の大成《たいせい》のためと、自分《じぶん》の理念《りねん》とはちがうことにも目《め》をつぶり、秀吉《ひでよし》さまのきげんばかりうかがってきた。だが、わたしは茶《ちゃ》の湯《ゆ》のためといいながら、自分《じぶん》の地位《ちい》を守《まも》る一心《いっしん》だったのではないか……。いまの茶《ちゃ》の湯《ゆ》がどんどん本質《ほんしつ》とはかけはなれたものになっていっているのは、ひとえにわたしのせいかもしれんのう……。」

いままでの自分《じぶん》をふりかえると、そう思《おも》えてしかたがない。

「ヘコヘコするのも、もうつかれたわい。」

人々《ひとびと》のにぎやかな笑《わら》い声《ごえ》をききながら、利休《りきゅう》はひとり、もの思《おも》いにふけるのだった。

「北野大茶の湯《きたのおおちゃのゆ》」がおわると、意《い》を決《けっ》したように、利休《りきゅう》は自分《じぶん》の思《おも》いえがく真《しん》の茶《ちゃ》の湯《ゆ》を体現《たいげん》しようと行動《こうどう》にでた。

まず、無駄《むだ》なものをいっさいはぶき、木《き》と土《つち》だけでできた二畳《じょう》ほどの小《ちい》さな茶室《ちゃしつ》をつくりあげた。入り口《いぐち》は、体《からだ》をかがめないとはいれないほどの低《ひく》い位置《いち》に、小《ちい》さくあいているだけにした。そのため茶室《ちゃしつ》の中《なか》へはいるには、武士《ぶし》の命《いのち》である刀《かたな》を、腰《こし》からはずさなければならなかった。

「いくら茶《ちゃ》の湯《ゆ》の精神《せいしん》とはいいましても、秀吉《ひでよし》さまを否定《ひてい》していると思《おも》われないでしょうか……。」

派手《はで》をこのむ秀吉《ひでよし》の趣味《しゅみ》とはまるで正反対《せいはんたい》の茶室《ちゃしつ》に、利休《りきゅう》の弟子《でし》たちは、秀《ひで》吉《よし》の怒《いか》りをかわないかと口々《くちぐち》に心配《しんぱい》をしたが、

「一度《いちど》茶室《ちゃしつ》にはいれば、殿《との》と家臣《かしん》、武士《ぶし》と町人《ちょうにん》など、人《ひと》をわけへだてる身分《みぶん》の

差《さ》はなく、みな平等《びょうどう》である。あるがままの人《ひと》と人《ひと》として、おたがいに敬意《けいい》をあらわしながら一杯《ぱい》の茶《ちゃ》をたしなむ。それこそが、わび茶《ちゃ》の精神《せいしん》である。それを表現《ひょうげん》したまでよ。」

と、利休《りきゅう》は平気《へいき》な顔《かお》をしていた。

それどころか、定期的《ていきてき》にひらかれていたお茶会《ちゃかい》でも、秀吉《ひでよし》が黒《くろ》をきらうことを知《し》りながら、利休《りきゅう》はあえて自分《じぶん》の考《かんが》えにあう、端正《たんせい》な黒《くろ》の茶碗《ちゃわん》に茶《ちゃ》をたてた。

「黒《くろ》はきらいじゃ！　赤《あか》じゃ！　赤《あか》の茶碗《ちゃわん》にせえ！」

案《あん》の定《じょう》、文句《もんく》をいう秀吉《ひでよし》に、利休《りきゅう》は、

「赤《あか》は雑念《ざつねん》、黒《くろ》は古《ふる》き心《こころ》でございます。」

と、顔色《かおいろ》ひとつかえずにいいはなった。秀吉《ひでよし》は苦虫《にがむし》をかみつぶしたような顔《かお》でにらみつけ、不快感《ふかいかん》をかくそうとはしなかったが、天下《てんか》の秀吉《ひでよし》といえども茶《ちゃ》の湯《ゆ》にかんしては利休《りきゅう》にかなうわけがなく、だまってしたがうしかなかった。

秀吉《ひでよし》にへつらうのをやめ、おのれの茶《ちゃ》の湯《ゆ》の世界《せかい》を堂々《どうどう》とつきすすみはじめた利休《りきゅう》に、秀吉《ひでよし》は不信感《ふしんかん》をつのらせた。こうして、密接《みっせつ》だった利休《りきゅう》と秀吉《ひでよし》のあいだには、すこしずつ、すきま風《かぜ》がふきはじめたのである。

それでも、利休《りきゅう》は二度《にど》と態度《たいど》をあらためようとはしなかった。だれも特別《とくべつ》あつかいはせず、だれに対《たい》してもどんなときも、おなじように茶《ちゃ》をたてた。

「どうしてでしょうか？　利休《りきゅう》どのの茶《ちゃ》を服《ふく》すと、自然《しぜん》と心《こころ》がしずかになりまする。」

そういう客《きゃく》には、利休《りきゅう》はほほえみながらこたえた。

「戦国《せんごく》の世《よ》では、昨日《さくじつ》までともに笑《わら》いあっていた者《もの》と二度《にど》と会《あ》えなくなることもめずらしくございません。ですから、わたくしはいかなるときも、このひとときが、もしかしたら最後《さいご》となる、たった一度《いちど》の出会《であ》いかもしれない、と一期《いちご》一会《いちえ》の思《おも》いでおります。それゆえ今日《きょう》の茶《ちゃ》が心休《こころやす》まるものになりますようにと念《ねん》じながら、茶《ちゃ》をたてておるのです。」

しかし、こういう態度《たいど》も、秀吉《ひでよし》には気《き》にくわないものであった。

そして利休《りきゅう》が、なにもけずるものがないところまで無駄《むだ》をそぎ落《お》とし、とぎすまされた緊張感《きんちょうかん》と美《うつく》しさをつくりだす「わび茶《ちゃ》」を完成《かんせい》させたころ、秀吉《ひでよし》は利休《りきゅう》に切腹《せっぷく》を命《めい》じるのである。

使者《ししゃ》から切腹《せっぷく》の命令《めいれい》をつたえきいたとき、利休《りきゅう》は、

「そうですか。」

とだけいい、しずかに目《め》をつむった。

「いつかこの日《ひ》がくることはわかっていた。わたしは茶《ちゃ》の湯《ゆ》の世界《せかい》とプライド

をまもったまで。なにも悔《く》いはない。」
利休《りきゅう》はそう思《おも》っていた。
そして切腹《せっぷく》の前日《ぜんじつ》、ひとりしずかに辞世《じせい》の句《く》をしたためた。

人生《じんせい》七十　力囲希咄《りきいきとつ》　吾這宝剣《わがこのほうけん》　祖仏共殺《そぶつともにころす》
堤る《ひっさぐ》我得具足《わがえぐそく》の一太刀《ひとたち》　今此時《いまこのとき》ぞ天《てん》に抛《なげうつ》

（人生《じんせい》ここに七十年《ねん》。この宝剣《ほうけん》で祖仏《そぶつ》もわれもともに断《た》ち切《き》ろうぞ。いまや迷《まよ》いも晴《は》れ、この世《よ》になんの悔《く》いもない。一本《ぽん》の太刀《たち》をひっさげて、まさに我《わ》が身《み》を天《てん》になげうとうではないか。）

利休《りきゅう》がその命《いのち》を落《お》としてまで守《まも》りたかったもの。それは日々《ひび》の生活《せいかつ》のなかにあり、だれもが気軽《きがる》にくつろぐことができるという、茶《ちゃ》の湯《ゆ》のほんらいあるべき姿《すがた》だった。

利休《りきゅう》の死後《しご》、ときは戦国時代《せんごくじだい》から江戸時代《えどじだい》へとうつりかわり、戦《いくさ》のない平和《へいわ》な世《よ》の中《なか》がやってくると、茶《ちゃ》の湯《ゆ》も武士《ぶし》だけの娯楽《ごらく》から庶民《しょみん》のもとへともどってきた。そして現代《げんだい》にいたるまでずっと、利休《りきゅう》がつくりあげた茶《ちゃ》の湯《ゆ》は、わたしたちの生活《せいかつ》に彩《いろど》りをあたえつづけている。

齋藤孝の偉人《いじん》かいせつ

# 千利休《せんのりきゅう》

利休《りきゅう》は、日本人《にほんじん》の感《かん》じる美《うつく》しさを発見《はっけん》して、世《よ》の中《なか》にひろめた、すごい人《ひと》だったんだ！

たとえばピカピカひかる金《きん》の器《うつわ》よりも、くすんでいたり、ゆがんでいたりする器《うつわ》のほうがきれいだということを、世《よ》の中《なか》に教《おし》えたんだ。そんな利休《りきゅう》がいたからこそ、このあと江戸時代《えどじだい》になって、「わび」「さび」を好《この》む松尾芭蕉《まつおばしょう》などがあらわれたんじゃないかな。

それにしても、みんなが領土《りょうど》をふやして、いい生活《せいかつ》をしようとしている戦国時代《せんごくじだい》に、利休《りきゅう》はまったくちがうところを見《み》ていたなんて、感心《かんしん》するね。

「一期一会《いちごいちえ》」という言葉《ことば》を知《し》っているかな。もともとはお茶《ちゃ》の世界《せかい》の言葉《ことば》で、主人《しゅじん》とお客《きゃく》とがお茶《ちゃ》を楽《たの》しみながら、おたがい一生《いっしょう》に一度《いちど》かもしれないこの出会《であ》いに感謝《かんしゃ》して、生《い》きている時間《じかん》を大切《たいせつ》にしましょう、ということなんだ。

みんなもお茶《ちゃ》を飲《の》むたびに、「一期一会《いちごいちえ》」という言葉《ことば》を思《おも》いだしてみよう。気持《きも》ちがゆったりして、いい時間《じかん》がすごせるかもしれないよ。

# 松尾芭蕉《まつおばしょう》

日本各地《にっぽんかくち》を旅《たび》して俳句《はいく》を詠《よ》んだ、人生《じんせい》の歌人《かじん》

松尾芭蕉（1644 ～ 1694 年）
江戸時代前期の俳人。自然の美しさや、
ふとした感情などを、清らかな心でとらえようとし、
俳句を、ことばの遊びから芸術へ高めた。旅を愛し、
晩年のほとんどは旅をしてすごしながら句を詠んだ。

俳人《はいじん》として生《い》きていこうと、江戸《えど》へ出《で》てきて八年《ねん》ほどたったときのことだった。いつもの句会《くかい》をおえたかえり道《みち》、松尾芭蕉《まつおばしょう》はふと、もうこんな生活《せいかつ》はやめにしよう、と思《おも》った。

「ほかの宗匠《そうしょう》とよばれる俳句《はいく》の先生《せんせい》たちは、みな名声《めいせい》や金《かね》や、弟子《でし》の数《かず》の多《おお》さなどばかりを気《き》にしてきそいあっている。かんじんの俳句《はいく》も、近《ちか》ごろはだじゃれやごろあわせなど、こっけいさを売《う》りにした句《く》ばかりがもてはやされる。そういうのは、しょうじきうんざりだ。うれしいことに、わたしにはついてきてくれる弟子《でし》がいる。それだけで十分《じゅうぶん》だ。」

芭蕉《ばしょう》にとって、俳諧師《はいかいし》としての地位《ちい》や名誉《めいよ》などはどうでもいいことだった。そしてそれ以上《いじょう》に、近《ちか》ごろの俳句《はいく》の流行《りゅうこう》には、どうしても違和感《いわかん》をおぼえてしまうのだった。

「俳句《はいく》というのは、ほんらい五・七・五のわずか十七文字《もじ》のなかに、たくさんの情景《じょうけい》や心情《しんじょう》をこめることのできるすばらしい文学《ぶんがく》。わたしは、笑《わら》いや楽《たの》しさばかりではなく、もっと自然《しぜん》や心《こころ》のようすを十七文字《もじ》のなかに詠《よ》んでいきたいのだ。」

そう思《おも》った芭蕉《ばしょう》は、思《おも》いきって宗匠《そうしょう》の地位《ちい》をすてることにした。

そして、はなやかだがわずらわしい、俳諧師《はいかいし》の聖地《せいち》ともいえる日本橋《にほんばし》の街《まち》をはなれ、隅田川《すみだがわ》ぞいの深川《ふかがわ》に拠点《きょてん》をうつしたのである。

弟子《でし》たちが建《た》ててくれた草庵《そうあん》は〝芭蕉庵《ばしょうあん》〟と名《な》づけられた。とても質素《しっそ》な住《す》まいだったが、芭蕉《ばしょう》にはとても心地《ここち》がよかった。そこでしばらく悠々自適《ゆうゆうじてき》の隠《いん》棲生活《せいせいかつ》をおくった芭蕉《ばしょう》は、ある日《ひ》、ずっと心《こころ》のなかであたためていた〝旅《たび》をする生活《せいかつ》〟を実行《じっこう》にうつすことにした。

芭蕉《ばしょう》は弟子《でし》をひとりだけつれ、日本各地《にほんかくち》を旅《たび》した。まずは江戸《えど》から奈良《なら》、京都《きょうと》、名古屋《なごや》、木曽《きそ》などを半年《はんとし》かけてめぐった。そして江戸《えど》へかえってくるやいなや、つぎは故郷《こきょう》の伊賀《いが》へ里《さと》がえりし、そのまま高野山《こうやさん》、吉野《よしの》、神戸《こうべ》へ。そして今度《こんど》は長野《ながの》へ……。

芭蕉《ばしょう》は、旅先《たびさき》で見《み》たもの、感《かん》じたものを俳句《はいく》に詠《よ》み、そのつど日記《にっき》にしたためた。

古池《ふるいけ》や　蛙飛《かわずと》びこむ　水《みず》の音《おと》

野《の》ざらしを　心《こころ》に風《かぜ》の　しむ身《み》かな

おもかげや　姥《おば》ひとり泣《な》く　月《つき》の友《とも》

そして江戸《えど》へかえりつくたびに、旅《たび》の思《おも》い出《で》と感《かん》じたことをしっかりのこしておこうと、芭蕉《ばしょう》はそれぞれの旅《たび》を紀行文《きこうぶん》としてまとめあげた。

やすみなく旅《たび》をつづける芭蕉《ばしょう》に、弟子《でし》たちはたびたびたずねた。

「先生《せんせい》はお体《からだ》にむちうつように、どうしてそこまでして旅《たび》をつづけるのですか。もうすこし休養《きゅうよう》されてはいかがでしょう。」

すると芭蕉《ばしょう》は、かならずこうこたえた。

「いやいや、べつにつらい修行《しゅぎょう》のような思《おも》いをするために旅《たび》をしているわけではないさ。ひとところにとどまっていると、見《み》るものもきくものもいつもおなじ。すると句《く》にも新鮮《しんせん》さが消《き》えてしまうだろう。それがいやなのだ。しかし旅《たび》はちがう。毎日新《まいにちあたら》しい出会《であ》いや感動《かんどう》、自然《しぜん》とのふれあいがまっている。これぞ、俳句《はいく》をより高《たか》みにひきあげてくれるものなのだよ。」

芭蕉《ばしょう》にとって、旅《たび》はもはや、俳句《はいく》づくりに欠《か》かせないものとなっていたのである。


芭蕉《ばしょう》が旅《たび》をつづけることには、じつはもうひとつ大《おお》きな理由《りゆう》があった。それは、芭蕉《ばしょう》が敬愛《けいあい》する古《いにしえ》の詩人《しじん》や歌人《かじん》たちの生《い》きかたであった。

「杜甫《とほ》も西行《さいぎょう》も、みなきびしい旅《たび》をつづけながら詩《し》の心《こころ》をそだて、すばらしい詩《し》や歌《うた》をのこした。そんな先人《せんじん》たちの生《い》きかたを体現《たいげん》したい。」

そう思《おも》っていたのである。

そして芭蕉《ばしょう》が四十五歳《さい》の冬《ふゆ》のこと。彼《かれ》は人生最大《じんせいさいだい》の旅《たび》を計画《けいかく》したのである。

芭蕉《ばしょう》は、弟子《でし》の曾良《そら》をよんでこういった。

「曾良《そら》よ。いままでは西《にし》のほうへばかり旅《たび》をしてきたが、つぎは東北《とうほく》のほうへ行《い》ってみたいと思《おも》う。いままでの旅《たび》では、その土地土地《とちとち》の弟子《でし》たちが、いつもたいそうもてなしてくれた。だが、北《きた》にはほとんど知《し》る人《ひと》はいない。きびしい旅《たび》になるだろう。わたしの年《とし》を考《かんが》えても、もしかしたら江戸《えど》には二度《にど》とかえってこられないかもしれない。それでもわたしは行《い》ってみたいと思《おも》う。いっしょについてきてくれるかね。」

曾良《そら》は、しっかりと芭蕉《ばしょう》の目《め》を見《み》つめながらうなずいた。

「もちろんでございます。先生《せんせい》とおなじものを見《み》、ともに句《く》を詠《よ》めるなんて、しあわせの極《きわ》み。喜《よろこ》んで先生《せんせい》のお供《とも》をさせていただきます。」

「ありがとう。今回《こんかい》の旅《たび》では、古人《こじん》が歌《うた》に詠《よ》んだ名所《めいしょ》や、歴史《れきし》の舞台《ぶたい》をめぐってみようと思《おも》っているのじゃ。古人《こじん》のいた場所《ばしょ》にわたしも立《た》ってみたいと思《おも》うてな。」

いままでの旅《たび》でもそういった場所《ばしょ》に立《た》ちよってはいたが、それ自体《じたい》が旅《たび》の目的《もくてき》というのははじめてであった。尊敬《そんけい》してやまない偉人《いじん》たちが、過去《かこ》に実際《じっさい》に目《め》にした場所《ばしょ》を自分《じぶん》の目《め》で見《み》る。考《かん》えただけでも、芭蕉《ばしょう》はまるで少年《しょうねん》のころにもどったかのように、心《こころ》がわくわく、そわそわしてくるのだった。

こうして芭蕉《ばしょう》は、のちに紀行文《きこうぶん》『おくのほそ道《みち》』として刊行《かんこう》されることになる東北《とうほく》への旅《たび》にでたのである。

見《み》たもの、感《かん》じたものを記憶《きおく》と記録《きろく》にのこそうと、芭蕉《ばしょう》は各地《かくち》で俳句《はいく》を詠《よ》んだ。

西行法師《さいぎょうほうし》が歌《うた》を詠《よ》んだとされる、笠島《かさじま》にある藤原実方《ふじわらのさねかた》の墓《はか》にむかおうとした

ときは、大雨《おおあめ》で道《みち》がぬかるんで行《い》くことができなかった。

笠島《かさじま》は　いずこ五月《さつき》の　ぬかり道《みち》

これはその無念《むねん》さを詠《よ》んだ句《く》だ。

岩手《いわて》の平泉《ひらいずみ》では、源義経《みなもとのよしつね》が自害《じがい》した場所《ばしょ》が、ただの草《くさ》むらと化《か》しているのを目《ま》のあたりにした。ここでおきた悲劇《ひげき》と、ときのながれに想《おも》いをはせ、涙《なみだ》しながら一句《いっく》をしたためた。

夏草《なつくさ》や　兵《つわもの》どもが　夢《ゆめ》の跡《あと》

山形《やまがた》ですばらしいと噂《うわさ》の立石寺《りっしゃくじ》をおとずれた際《さい》は、古色《こしょく》をおびた苔《こけ》がおおう岩《いわ》をはいあがり、本堂《ほんどう》をおがんだ。そのときのおごそかな情景《じょうけい》を芭蕉《ばしょう》は、

閑《しず》かさや　岩《いわ》にしみいる　蟬《せみ》の声《こえ》

と詠《よ》み、五月雨《さみだれ》で急流《きゅうりゅう》となった最上川《もがみがわ》を舟《ふね》でくだったときは、そのようすを、

五月雨《さみだれ》を　あつめて早《はや》し　最上川《もがみがわ》

とあらわした。

東北《とうほく》、北陸《ほくりく》、そして中部地方《ちゅうぶちほう》にまで、距離《きょり》にして二千四百キロメートルにおよぶ旅《たび》は、およそ半年《はんとし》をかけておわりをむかえた。めぐった名所《めいしょ》の数《かず》は、三十か所以上《しょいじょう》であった。

旅《たび》の最後《さいご》の夜《よる》、宿《やど》の部屋《へや》から空《そら》にきらめく月《つき》や星《ほし》をながめながら、芭蕉《ばしょう》は旅《たび》を思《おも》いかえしていた。

「明日《あす》には江戸《えど》じゃのう、曾良《そら》。」

「先生《せんせい》も最後《さいご》までご無事《ぶじ》で、なによりでございます。」

「やはり実際《じっさい》にきてみないと、わからないことは多《おお》いのう。昔《むかし》のままの姿《すがた》をのこしている場所《ばしょ》がいかに少《すく》ないかにもおどろかされたし、現地《げんち》でしか味《あじ》わえない空気《くうき》や景色《けしき》、経験《けいけん》を自分《じぶん》の肌身《はだみ》で感《かん》じられることのすばらしさをあらためて感《かん》じさせてもらった。曾良《そら》よ。来《き》てよかったのう。」

「ええ。とてもいい旅《たび》でありました。」

「ああ、いい旅《たび》であった。日本《にっぽん》にはすばらしいところがたくさんある。きっとわたしのまだ見《み》ぬところもたくさんあるのだろうなあ。できることなら、すべて見《み》て感《かん》じてみたいものじゃなあ。」

江戸《えど》にもどると、芭蕉《ばしょう》はこの東北《とうほく》への旅《たび》を一冊《さつ》の俳諧紀行文《はいかいきこうぶん》『おくのほそ道《みち》』にまとめた。練《ね》りに練《ね》って、三年《ねん》かけて原稿《げんこう》を書《か》き、二年《ねん》かけて清書《せいしょ》したものだった。それほど芭蕉《ばしょう》にとって、この旅《たび》は大切《たいせつ》な旅《たび》であったのだ。

「月日《つきひ》は百代《はくたい》の過客《かかく》にして、行《ゆ》きかふ年《とし》もまた旅人《たびびと》なり。」という一節《いっせつ》ではじまる『おくのほそ道《みち》』を読《よ》むと、ときをへたいまでも、芭蕉《ばしょう》の見《み》た情景《じょうけい》をいきいきと目《め》にうかべることができる。それは目《め》にうつったものやにおい、ひびきといった繊細《せんさい》な感覚《かんかく》まで、事実《じじつ》をありのまま句《く》にのせた芭蕉《ばしょう》の俳句《はいく》だからこそである。

この感性《かんせい》に、のちの世《よ》の多《おお》くの俳人《はいじん》が魅了《みりょう》された。いつしか、松尾芭蕉《まつおばしょう》は日本《にっぽん》を代表《だいひょう》する「俳聖《はいせい》」とよばれるようになったのである。

齋藤孝の
偉人《いじん》
かいせつ

# 松尾芭蕉《まつおばしょう》

芭蕉《ばしょう》は、日本人《にほんじん》の美意識《びいしき》、しみじみとした感情《かんじょう》を五・七・五の十七文字《もじ》の詩《し》につめたんだ。たとえば「古池《ふるいけ》や蛙飛《かわずと》びこむ水《みず》の音《おと》」という句《く》があるけれど、カエルのたてた水音《みずおと》だけじゃなく、その場《ば》のしーんとした静《しず》けさも表現《ひょうげん》している。

ほかにもセミの声《こえ》が聞《き》こえてきたり、夕日《ゆうひ》がしずむ風景《ふうけい》が目《め》にうかんだりする句《く》がある。みんなが見《み》のがしそうな一瞬《いっしゅん》を、芭蕉《ばしょう》はさっとひろいあげて言《こと》葉《ば》にしている。頭《あたま》のなかに映像《えいぞう》が思《おも》いうかぶような言葉《ことば》を練《ね》りあげているんだね。

それから俳句《はいく》のおもしろさのひとつに、ひとりだけでなく、みんなでやれるということがある。句会《くかい》といって、なかまとあつまり作品《さくひん》をつくりあって、こうしたらどうかと手直《てなお》ししあう。それも俳句《はいく》の楽《たの》しみなんだ。だから芭蕉《ばしょう》の旅《たび》は、各地《かくち》にいる俳句愛《はいくあい》好家《こうか》との交流《こうりゅう》の旅《たび》だったんだね。

こうした、集団《しゅうだん》でつくる文学《ぶんがく》というのは世界《せかい》でもめずらしいんだ。みんなも友《とも》だちどうしで、句会《くかい》をひらいて、俳句《はいく》をつくってみよう！

日本《にっぽん》の近代文学《きんだいぶんがく》を代表《だいひょう》する文豪《ぶんごう》

# 夏《なつ》目《め》漱石《そうせき》

夏目漱石（1867 ～ 1916 年）
明治～大正時代の小説家。英文学を学んでいたが、
『吾輩は猫である』が大ヒットし、作家として活動を
はじめる。人間社会を見つめた作品の数々は、
日本文学の永遠の定番となっている。

「人《ひと》がこの世《よ》に生《う》まれてきたからには、それぞれにやるべきことがあるはずだ。しかし、わたしにはさっぱりわからない。自分《じぶん》がなんのために生《う》まれてきたのか。わたしはなにがしたいのか……。」

夏目漱石《なつめそうせき》は、若《わか》いころからずっと、心《こころ》の中《なか》にこんな思《おも》いをかかえていた。

得意《とくい》の英語《えいご》をいかして、大学《だいがく》で英文学《えいぶんがく》を学《まな》んでみても、かくべつその学問《がくもん》に夢中《むちゅう》になったわけでもない。実力《じつりょく》をみとめられて英語教師《えいごきょうし》になったけれど、たいした生《い》きがいも感《かん》じられなかった。

結婚《けっこん》をして妻子《さいし》をもうけてからも、漱石《そうせき》の心《こころ》の中《なか》にはずっとかわらず、「自《じ》分《ぶん》がなにをしたいのかわからない。」という、からっぽな気持《きも》ちがくすぶっていた。

そんなもやもやとした日々《ひび》をすごしていたある日《ひ》、漱石《そうせき》は文部省《もんぶしょう》から一通《つう》の手紙《てがみ》をうけとった。

『英文学研究《えいぶんがくけんきゅう》のため、イギリスへの留学《りゅうがく》を命《めい》じる。』

漱石《そうせき》が、三十三歳《さい》のときのことだった。

「イギリスねえ……。」

留学《りゅうがく》したいという気持《きも》ちはまるでなかったが、ことわる理由《りゆう》も見《み》つからない。けれど、本場《ほんば》のイギリスでもっと本格的《ほんかくてき》に英文学《えいぶんがく》を研究《けんきゅう》すれば、もしかしたら自分《じぶん》のすすむべき道《みち》が見《み》えるかもしれない。そんな淡《あわ》い期待《きたい》を胸《むね》にいだいて、漱石《そうせき》はイギリスへと旅立《たびだ》った。

漱石《そうせき》は、船《ふね》で一か月半《げつはん》かけて、ようやくイギリスの首都《しゅと》ロンドンにたどりつく。そしてロンドン大学《だいがく》で授業《じゅぎょう》をうけながら、シェークスピアの研究家《けんきゅうか》に個人《こじん》教授《きょうじゅ》をたのみ、ねる間《ま》もおしんで英文学《えいぶんがく》の勉強《べんきょう》にはげんだ。

しかし、いっこうに英文学《えいぶんがく》の魅力《みりょく》がわからなかった。西洋《せいよう》の詩《し》を読《よ》んでも心《こころ》になにもひびいてこないのだ。むしろ、なぜ日本人《にほんじん》が英文学《えいぶんがく》を学《まな》ばなくてはいけないのか。そんな違和感《いわかん》ばかりがうかんでくるのである。

「わたしはなんで、こんなところで英文学《えいぶんがく》なんて勉強《べんきょう》しているんだ?」

「これがわたしのもとめていた生《い》きかたなのか?」

勉強《べんきょう》をすればするほど、そんな思《おも》いでいっぱいになり、頭《あたま》のなかがもんもんとしてくる。漱石《そうせき》は気分転換《きぶんてんかん》にロンドンの街《まち》を散歩《さんぽ》しようと、外《そと》へとくりだした。

石造《いしづく》りの洗練《せんれん》された建物《たてもの》、ひっきりなしに行《ゆ》きかう鉄道《てつどう》や自動車《じどうしゃ》。そしてスラリと長身《ちょうしん》で、明《あか》るい色《いろ》の髪《かみ》と目《め》をしたイギリス人《じん》たち。日本《にっぽん》よりもはるかにすすんだ美《うつく》しい街《まち》のようすをながめながらも、漱石《そうせき》の気持《きも》ちはいっこうに晴《は》れなかった。

「まったく。立《た》っているだけで、のどがゴロゴロして痰《たん》がとまらなくなるこの空気《くうき》はたまらん。こんなひどい空気《くうき》の中《なか》で、なぜイギリス人《じん》の女性《じょせい》はあんなに美《うつく》しいままでいられるのか、不思議《ふしぎ》でしょうがないわい。」

どんよりとくもったロンドンの空《そら》や、排気《はいき》ガスでもやがかかったような空気《くうき》の悪《わる》さを目《ま》のあたりにすると、漱石《そうせき》の気《き》はますますめいるばかりだった。

気《き》をとりなおし、紅茶《こうちゃ》でも飲《の》もうとカフェにはいれば、背《せ》が低《ひく》く黄色《きいろ》い肌《はだ》の漱石《そうせき》は、ものめずらしそうな顔《かお》でジロジロとながめられる。

「ノー!」

意味《いみ》もなく入店《にゅうてん》を拒否《きょひ》されることもしばしばだった。チッと舌《した》うちをしながら、漱石《そうせき》は自分《じぶん》のことを笑《わら》った。

「英国紳士《えいこくしんし》の中《なか》にいると、わたしはまるでオオカミの群《む》れにまぎれこんだ一匹《ぴき》のさえないむく犬《いぬ》だな。」

英文学《えいぶんがく》の研究《けんきゅう》もすすまない、ロンドンの空気《くうき》もあわない、わけのわからない人種差別《じんしゅさべつ》にあう。そんな生活《せいかつ》をつづけているうちに、漱石《そうせき》の気《き》のめいりかたは日《ひ》に日《ひ》にひどくなっていった。


しずむばかりの気持《きも》ちをいれかえるため、漱石《そうせき》はひっこしをくりかえした。数回目《すうかいめ》の下宿先《げしゅくさき》で、ぐうぜんおなじ文部省留学生《もんぶしょうりゅうがくせい》の日本人《にほんじん》といっしょになった。化学《かがく》の研究《けんきゅう》にきていた池田菊苗《いけだきくなえ》という人物《じんぶつ》だった。

ある日《ひ》のこと。池田《いけだ》が漱石《そうせき》にたずねた。

「きみはなぜ英文学《えいぶんがく》を学《まな》んでいるんだい？」

思《おも》いがけない質問《しつもん》にとまどいながらも、漱石《そうせき》はしょうじきに自分《じぶん》の気持《きも》ちを話《はな》した。

「じつのところ、自分《じぶん》でもそれがわからないんだ。ぐうぜん英語《えいご》がよくできてしまったせいでいまここにいるんだが……しょうじきにいうと、英文学《えいぶんがく》を学《まな》んでいても全然《ぜんぜん》たのしくないんだよ。漢文《かんぶん》やら俳句《はいく》やら随筆《ずいひつ》やら、日本《にっぽん》の文学《ぶんがく》はあんなにもおもしろいのに、なにがこうもちがうんだろう。」

「それなら留学《りゅうがく》もつらいだろうなあ。勉強《べんきょう》がよくできてしまうのも、ときにはこまりものだね。」

「そういうきみは、なぜ化学《かがく》を？」

「化学《かがく》は、具体的《ぐたいてき》な成果《せいか》やこたえがはっきりと目《め》で見《み》ることができるだろう。

それがたまらなくおもしろいんだよ。しかも、いままでわからなかったものを自分《じぶん》が発見《はっけん》することもできるし、それが世《よ》の中《なか》の人《ひと》の役《やく》に立《た》つかもしれない。そう思《おも》うと、とてもやりがいを感《かん》じるんだ。」

「具体的《ぐたいてき》なこたえ、かあ。」

漱石《そうせき》は池田《いけだ》の話《はなし》をきいていて、目《め》の前《まえ》にずっとかかっていた霧《きり》が一気《いっき》に晴《は》れたような気《き》がした。

「そうか。なぜこんなに英文学《えいぶんがく》に興味《きょうみ》がわかないか、わかった気《き》がするぞ。英《えい》文学《ぶんがく》が、昔《むかし》の人《ひと》が書《か》いたものを読《よ》むだけで、手《て》ごたえのない幽霊《ゆうれい》みたいな研究《けんきゅう》だからだ。」

「でも、それも歴史《れきし》を知《し》るという大切《たいせつ》な研究《けんきゅう》のひとつだろう？」

「そうだ。でもわたしがもとめていることとはちがうんだ。わたしはもっと目《め》に見《み》えるような具体的《ぐたいてき》な手《て》ごたえを感《かん》じたかったんだ。自分《じぶん》からなにかを発信《はっしん》し、それを評価《ひょうか》してもらえるような、ね。」

「なるほどね。その気持《きも》ちはわかるよ。」

「きみのおかげで長《なが》い眠《ねむ》りからさめたようだよ、ありがとう！」

それからしばらくたったころのこと。

「知《し》ってるかい？　英文学《えいぶんがく》の研究《けんきゅう》にきている夏目《なつめ》くんのようすが、ふつうじゃないらしいぞ。」

「ああ、きいたさ。何《なん》か月《げつ》も部屋《へや》から一歩《いっぽ》も外《そと》に出《で》てこないらしいじゃない。精神《せいしん》を病《や》んでしまったらしい。」

なかまたちのなかで、漱石《そうせき》は気《き》が変《へん》になったとうわさになりはじめた。そして、そのうわさは日本《にっぽん》にもつたわり、急《きゅう》きょ漱石《そうせき》は、日本《にっぽん》に帰国《きこく》させられることとなった。

帰国後《きこくご》、漱石《そうせき》はイギリスで気《き》づいた自分《じぶん》の思《おも》いを、亡《な》き親友《しんゆう》、正岡子規《まさおかしき》の弟子《でし》である高浜虚子《たかはまきょし》にうちあけた。

「わたしはね、昔《むかし》の人《ひと》が書《か》いたものを読《よ》みたいんじゃない。自分《じぶん》で書《か》きたいんだと気《き》がついたんだよ。」

すると虚子《きょし》は、ぽんっと手《て》をうって、こうすすめた。

「先生《せんせい》、それならば、ぜひうちの雑誌《ざっし》になにか書《か》いてみてくださいよ。ページをあけてまってますから。」

「そうだなあ……。」

虚子《きょし》がかえってから、漱石《そうせき》は家《いえ》の中《なか》をぼんやり見《み》まわした。

「とはいっても、いったいなにを書《か》けばいいのやら……。」

ふと縁側《えんがわ》で丸《まる》まっている飼《か》い猫《ねこ》が目《め》にとまった。半年《はんとし》ほど前《まえ》、夏目家《なつめけ》にまよいこんできて、そのまますみついた黒猫《くろねこ》だった。

「猫《ねこ》、か。猫《ねこ》を主役《しゅやく》にした小説《しょうせつ》があってもおもしろいかもしれないなあ。書《か》きだしはええと……。吾輩《わがはい》は猫《ねこ》である。名前《なまえ》はまだない。なんてどうだろう。」

そう思《おも》いつくと、あとは早《はや》かった。机《つくえ》の前《まえ》にすわり、漱石《そうせき》は一気《いっき》に小説《しょうせつ》を書《か》きはじめた。自分《じぶん》でもびっくりするほど、おもしろいように筆《ふで》がすすんでいく。漱石《そうせき》は書《か》きながら、英文学《えいぶんがく》とかかわっているときには感《かん》じたことのない気《き》持《も》ちの高《たか》ぶりと楽《たの》しさを味《あじ》わっていた。

夏目漱石《なつめそうせき》の処女作《しょじょさく》となる『吾輩《わがはい》は猫《ねこ》である』はたった一日《にち》で完成《かんせい》した。そして文芸雑誌《ぶんげいざっし》『ホトトギス』に発表《はっぴょう》されると、たちまちにおもしろいと話題《わだい》になった。

「先生《せんせい》、ものすごい反響《はんきょう》ですよ！　つづきが読《よ》みたいと、たくさんの問《と》いあわせです。」

虚子《きょし》が興奮《こうふん》ぎみに報告《ほうこく》した。

「ほう、それはうれしい。わたし自身《じしん》、書《か》いていてとても楽《たの》しかった。」

「先生《せんせい》、ぜひつづきをお書《か》きください。読者《どくしゃ》がみなまっておりますよ！」

「でもあれは、一回《かい》だけの読《よ》みきりのつもりで書《か》いたのだが。」

「だいじょうぶです、だいじょうぶですよ！　話《はなし》はいくらでもひろがります。」

こうして漱石《そうせき》は、小説家《しょうせつか》としての道《みち》をあゆみはじめることになったのである。

『吾輩《わがはい》は猫《ねこ》である』を十一回《かい》にわたって連載《れんさい》したあとも、漱石《そうせき》は大学教授《だいがくきょうじゅ》として英文学《えいぶんがく》を教《おし》えるかたわら、『坊《ぼ》っちゃん』『草枕《くさまくら》』などの名作《めいさく》をつぎつぎと生《う》みだしていった。小説《しょうせつ》を書《か》きはじめて、漱石《そうせき》は自分《じぶん》のすすむ道《みち》がはっきりと見《み》えてきた。

「ずいぶん遠《とお》まわりをした。わたしは作家《さっか》になるために生《う》まれてきたのだ。」

漱石《そうせき》はそう確信《かくしん》すると、すぐさま教職《きょうしょく》の道《みち》をすて、一小説家《いちしょうせつか》として生《い》きていくことを決意《けつい》した。しかし、大学教授《だいがくきょうじゅ》というエリートの道《みち》をすてることに、周《しゅう》囲《い》は猛反対《もうはんたい》だった。

「いままでどおり、二足《にそく》のわらじでいけばいいではないですか。」

「一生《いっしょう》を約束《やくそく》された道《みち》をわざわざすてるなんて罰《ばち》あたりです！」

必死《ひっし》でまわりがとめようとも、漱石《そうせき》の決意《けつい》がゆらぐことはなかった。ぎゃくに、みんなの必死《ひっし》な顔《かお》をおかしそうにながめながら、

「どんなにえらい博士《はかせ》や教授《きょうじゅ》になったとしても、百年後《ねんご》には影《かげ》も形《かたち》もなくなっているだろう。わたしは自分《じぶん》の小説《しょうせつ》をもって、百年後《ねんご》にもこの名《な》をのこしてやろうと思《おも》っている野心家《やしんか》なのだよ。」

そういって笑《わら》うのだった。

そして現在《げんざい》、漱石《そうせき》が亡《な》くなって百年近《ねんちか》くがたった。『三四郎《さんしろう》』『それから』『こころ』『道草《みちくさ》』……。夏目漱石《なつめそうせき》の小説《しょうせつ》はいまも多《おお》くの人々《ひとびと》に愛《あい》され、読《よ》みつがれている。彼《かれ》が望《のぞ》んだとおり、夏目漱石《なつめそうせき》の名《な》は、百年後《ねんご》の日本《にっぽん》においてもまぶしく輝《かがや》きつづけている。漱石《そうせき》がその地位《ちい》をすててえらんだ小説家《しょうせつか》という道《みち》は、まちがいではなかったのである。

齋藤孝の
偉人《いじん》
かいせつ

# 夏目漱石《なつめそうせき》

漱石《そうせき》は100年以上《ねんいじょう》も読《よ》まれつづけている、大《だい》ベストセラー作家《さっか》だ！　『坊《ぼ》っちゃん』『吾輩《わがはい》は猫《ねこ》である』といった作品《さくひん》は、発表《はっぴょう》された当時《とうじ》から、それこそ日本中《にほんじゅう》の人《ひと》が読《よ》んでいた。そのおかげもあって、じつは漱石《そうせき》の書《か》く日本語《にほんご》というのが、それからの日《に》本語《ほんご》のおおもとになっていったんだよ。それまでの日本語《にほんご》の文章《ぶんしょう》は「～で候《そうろう》」など、ちょっとむずかしい古文《こぶん》のようなものが主流《しゅりゅう》だったんだけれど、漱石《そうせき》の文章《ぶんしょう》のほうが読《よ》みやすく、みんなに受《う》けいれられたんだね。

また漱石《そうせき》は、「これからの日本人《にほんじん》は、なにをよりどころにして生《い》きていけばいいのか。」という大《おお》きな問題《もんだい》を、その作品《さくひん》の中《なか》であつかっていた。それを小説《しょうせつ》という形《かたち》で、わかりやすく書《か》きあらわしてくれたんだ。

いまでもぼくたちが、どう生《い》きればいいのかとなやむとき、漱石《そうせき》の作品《さくひん》を読《よ》むとヒントがえられる。そういう意味《いみ》では、まったく古《ふる》くならない永遠《えいえん》のベストセラー作家《さっか》だといえるね。

自分《じぶん》の気持《きも》ちを自由《じゆう》にうたった情熱的《じょうねつてき》な女性歌人《じょせいかじん》

# 与謝野晶子《よさのあきこ》

与謝野晶子（1878 ～ 1942 年）
明治～昭和時代の歌人。与謝野鉄幹への恋愛感情を
情熱的にうたった歌集『みだれ髪』は、
大きな反響をよんだ。女性の地位向上や、
教育問題についても力をつくした。

いつものように、実家《じっか》の和菓子屋《わがしや》で店番《みせばん》をしながら本《ほん》を読《よ》んでいた晶子《あきこ》は、ふと、店《みせ》の外《そと》で立《た》ち話《ばなし》をする女《おんな》たちの会話《かいわ》に耳《みみ》をとめた。

彼女《かのじょ》たちは、となりの嫁《よめ》は作法《さほう》がなっていないだの、娘《むすめ》にいい縁談《えんだん》がきまりそうだの、この着物《きもの》は自分《じぶん》で仕立《した》てなおしただの、最近《さいきん》は米《こめ》の値段《ねだん》が高《たか》いだの、ひっきりなしにしゃべりつづけている。

「まったく。くだらない。」

晶子《あきこ》は眉《まゆ》をひそめてつぶやき、ふうとため息《いき》をひとつついた。

「どうして、ああもどうでもいい話《はなし》であそこまで盛《も》りあがれるのかしら。わたしは、どこかの家《いえ》に嫁《とつ》いで、家事《かじ》におわれながら毎日《まいにち》ああいう会話《かいわ》をして平凡《へいぼん》に生《い》きていくなんて、ごめんだわ。」

あいかわらずにぎやかにつづく女《おんな》たちの声《こえ》を聞《き》きながしながら、晶子《あきこ》は考《かんが》えていた。

「新聞《しんぶん》や雑誌《ざっし》にも、『家《いえ》の中《なか》こそが女《おんな》の生《い》きる場所《ばしょ》』なんてことがよく書《か》いてあるけれど、女《おんな》がみんなそうであるなんて思《おも》われるのはたえられない！ わたしは、親《おや》や他人《たにん》のきめた人《ひと》となんていっしょになりたくはないし、生《う》まれてきたからには、自分《じぶん》の使命《しめい》をみつけて生《い》きていくんだから！」

晶子《あきこ》には夢《ゆめ》があった。夢《ゆめ》というよりも、心《こころ》にきめていたことがあった。それは、文学《ぶんがく》への道《みち》であった。

「いつかかならず、わたしは文学家《ぶんがくか》として身《み》をたててみせる。」

そんな信念《しんねん》ともいうべき強《つよ》い思《おも》いがあったのだった。

おさないころから本《ほん》を読《よ》むことがいちばんの楽《たの》しみだった晶子《あきこ》は、家《いえ》にある本《ほん》だけでなく、新《あたら》しい本《ほん》が出《で》たと知《し》るとすぐ本屋《ほんや》に買《か》いに走《はし》り、かたっぱしから読《よ》みあさった。そして学校《がっこう》を卒業《そつぎょう》してからは、店番《みせばん》をしながら独学《どくがく》で和歌《わか》をつくり、投稿《とうこう》するのが、晶子《あきこ》の日課《にっか》となっていた。

そんな晶子《あきこ》の毎日《まいにち》が、がらりとかわる運命《うんめい》の日《ひ》は、ある日《ひ》とつぜんやってきた。

晶子《あきこ》が和歌《わか》を投稿《とうこう》していた東京新詩社《とうきょうしんししゃ》の機関誌《きかんし》『明星《みょうじょう》』から、歌会《うたかい》への招待《しょうたい》状《じょう》がとどいたのだ。『明星《みょうじょう》』の創刊者《そうかんしゃ》、与謝野鉄幹《よさのてっかん》が、関西《かんさい》で講演《こうえん》をかねた歌《うた》会《かい》をひらくという内容《ないよう》だった。

「ずっとあこがれていた与謝野《よさの》さんにお会《あ》いすることができる。しかも自分《じぶん》の和歌《わか》を直接見《ちょくせつみ》てもらえるなんて！」

晶子《あきこ》にとって、それは夢《ゆめ》のようなことであった。

「形式《けいしき》なんぞにとらわれる必要《ひつよう》はない。文学《ぶんがく》は心《こころ》です。もっと自由《じゆう》な精神《せいしん》で、心《こころ》のうちを和歌《わか》に詠《よ》めばいいのです！」

はじめて会《あ》った与謝野鉄幹《よさのてっかん》は、晶子《あきこ》の理想《りそう》そのものであった。和歌《わか》への想《おも》いをあつい情熱《じょうねつ》で説《と》く鉄幹《てっかん》の話《はなし》をききながら、晶子《あきこ》は感動《かんどう》していた。

「与謝野先生《よさのせんせい》のお考《かんが》えは、わたしの想《おも》いそのものだわ。」

情熱的《じょうねつてき》な口調《くちょう》ながらも、やわらかい物腰《ものごし》。なにより、鉄幹《てっかん》の和歌《わか》は心《こころ》にしみてくるほどすばらしい。晶子《あきこ》はすっかり鉄幹《てっかん》のとりこになってしまった。

鉄幹《てっかん》の講演《こうえん》のあと、新詩社主催《しんししゃしゅさい》の歌会《うたかい》がおこなわれ、鉄幹《てっかん》に和歌《わか》を見《み》てもらうチャンスがおとずれた。晶子《あきこ》はドキドキしながら、鉄幹《てっかん》に自分《じぶん》の和歌《わか》をさしだした。

「いつも投稿《とうこう》してくれている鳳《ほう》さんだね。はじめまして。」

にこやかにほほえみながら、鉄幹《てっかん》は晶子《あきこ》の和歌《わか》に目《め》を落《お》とした。そして読《よ》みおわると、「うーん。」とうなって顔《かお》をあげた。

「うん、いいね。きみの歌《うた》はじつにいきいきとしている。素直《すなお》で自由《じゆう》で、とてもいい。」

「ありがとうございます！　まったくの素人《しろうと》であるわたしの歌《うた》をほめていただけるなんて。」

「いやいや。きみには素質《そしつ》があるよ。」

「わたし、もっと歌《うた》がうまくなりたいんです。先生《せんせい》、わたしに和歌《わか》を教《おし》えてください。」

「もちろんだとも。きみはぜったいすばらしい歌人《かじん》になる。」

その日《ひ》から、晶子《あきこ》と与謝野鉄幹《よさのてっかん》の交流《こうりゅう》がはじまったのだった。

交流《こうりゅう》が深《ふか》まるにつれ、しだいに与謝野鉄幹《よさのてっかん》は晶子《あきこ》にとって〝師《し》〟以上《いじょう》の存在《そんざい》になっていった。

「気《き》がつくと先生《せんせい》のことばかり考《かんが》えている。これが恋心《こいごころ》というものなのかしら。」

素直《すなお》な乙女心《おとめごころ》をなんとなく詠《よ》んでいただけのこれまでとちがって、気《き》づくと和歌《わか》は、鉄幹《てっかん》へのあふれる想《おも》いを表現《ひょうげん》する場《ば》になった。

わが恋《こい》を　みちびく星《ほし》と　ゆびさして　君《きみ》ささやけし　浜寺《はまでら》の夕《ゆう》

道《みち》を云《い》はず　後《のち》を思《おも》はず　名《な》を問《と》はず　ここに恋《こい》ひ恋《こう》ふ　君《きみ》と我《われ》と見《み》る

鉄幹《てっかん》への想《おも》いを詠《よ》んだ歌《うた》ならいくらでもできた。考《かんが》えて考《かんが》えてつくりあげるというよりも、いくらでも体《からだ》の中《なか》から言葉《ことば》があふれてくるのだ。誰《だれ》かをここまで強《つよ》く想《おも》ったことも、こんなにもわきでるように歌《うた》をつくったのもはじめてだった。

「先生《せんせい》をお慕《した》いするようになってから、ますます和歌《わか》の楽《たの》しさに気《き》づくことができた。これも先生《せんせい》のおかげだわ。」

晶子《あきこ》は、鉄幹《てっかん》へのありのままの想《おも》いを歌《うた》にのせて、『明星《みょうじょう》』へ投稿《とうこう》しつづけた。

そして……。

「わたしは己《おのれ》の気持《きも》ちに素直《すなお》に生《い》きたい。鉄幹先生《てっかんせんせい》のおそばに行《い》きたい！」

もはや、この想《おも》いをとめることなどできやしなかった。晶子《あきこ》はだれにも相談《そうだん》せず、すべてをすてる覚悟《かくご》で、鉄幹《てっかん》をおって大阪《おおさか》から上京《じょうきょう》したのだった。

そして鉄幹《てっかん》も、晶子《あきこ》の想《おも》いを、歌《うた》とともにしっかりとうけとめたのである。

晶子《あきこ》が鉄幹《てっかん》へのあふれる愛《あい》をつづった和歌《わか》の数々《かずかず》は、鉄幹《てっかん》の手《て》で『みだれ髪《がみ》』という歌集《かしゅう》として刊行《かんこう》された。

女《おんな》はつつましく良妻賢母《りょうさいけんぼ》として生《い》きるべきものであり、女《おんな》が自分《じぶん》の気持《きも》ちや愛情《あいじょう》について語《かた》ることなどもってのほかだと考《かんが》えられていた時代《じだい》。愛《あい》や情熱《じょうねつ》を激《はげ》しく自由奔放《じゆうほんぽう》にうたいあげた晶子《あきこ》の歌《うた》は、日本中《にほんじゅう》に衝撃《しょうげき》をあたえた。

「破廉恥《はれんち》な歌《うた》ばかりがならぶ、ひどい作品《さくひん》だ。」

「女性《じょせい》としての品性《ひんせい》のかけらもない。言語道断《ごんごどうだん》！」

そう批判《ひはん》する声《こえ》も多《おお》かった。しかし若《わか》い世代《せだい》はちがった。

「わたしたちだれもが心《こころ》に秘《ひ》めている本心《ほんしん》を、こうも豊《ゆた》かにうたってくれるなんて。」

と、女性《じょせい》を中心《ちゅうしん》に、熱狂的《ねっきょうてき》に支持《しじ》されたのである。

こうして二十三歳《さい》の晶子《あきこ》は、歌壇《かだん》に新風《しんぷう》をまきおこし、一躍《いちやく》スターとなった。そして愛《あい》する鉄幹《てっかん》とも結婚《けっこん》し、十二人《にん》の子《こ》をもうけたのだった。

晶子《あきこ》は、つねに自分《じぶん》の心《こころ》や考《かんが》えを詩《し》や歌《うた》にこめてまっすぐ表現《ひょうげん》した。日露戦《にちろせん》争《そう》がおき、弟《おとうと》が戦場《せんじょう》へとかりだされたときには『君死《きみし》にたまふ《う》ことなかれ』と、弟《おとうと》の無事《ぶじ》をねがう詩《し》を発表《はっぴょう》した。

こうした晶子《あきこ》の詩《し》や歌《うた》は、

「日本国《にっぽんこく》を批判《ひはん》し、冒瀆《ぼうとく》している。」

「自分《じぶん》の家族《かぞく》のことばかり思《おも》って、国《くに》のことはあとまわし。そんな考《かんが》えは危険《きけん》思想《しそう》であり、非国民《ひこくみん》だ。」

と非難《ひなん》されることも多《おお》かった。しかし晶子《あきこ》はどんなときも、けっして動《どう》じなかった。

「わたしはただ、自分《じぶん》にしょうじきであるだけよ。自分《じぶん》の心《こころ》を表現《ひょうげん》するために歌《うた》を詠《よ》んでいるのに、そこでうそをついたら意味《いみ》がないじゃない？」

そして生涯《しょうがい》にわたって、いつわりのない誠《まこと》の心《こころ》をうたいつづけたのである。

晶子《あきこ》は数万《すうまん》にもおよぶ歌《うた》をのこした。それらの歌《うた》がいまでもまったく色《いろ》あせることがないのは、晶子《あきこ》がいつの世《よ》もかわらぬ女心《おんなごころ》を率直《そっちょく》にうたいあげることを、最後《さいご》までつらぬきとおしたからにほかならないだろう。

## ものしり偉人伝

# 近代日本《きんだいにっぽん》の女流作家《じょりゅうさっか》の先《さき》がけ「樋口《ひぐち》一葉《よう》」

古《ふる》い時代《じだい》をのぞけば、日本《にっぽん》ではじめての女性小説家《じょせいしょうせつか》だよ。5000円札《えんさつ》のモデルにもなっている。

明治時代《めいじじだい》、東京《とうきょう》で生《う》まれた一葉《いちよう》は、小《ち》さなときから本《ほん》が好《す》きで、小学校《しょうがっこう》の成績《せいせき》もばつぐんだった。でも、まだ女性《じょせい》には勉強《べんきょう》など必要《ひつよう》ないという時代《じだい》だったので、進学《しんがく》はしないで、先生《せんせい》について和歌《わか》を習《なら》うんだ。ところが一葉《いちよう》が17歳《さい》のとき、父親《ちちおや》がなくなり、彼女《かのじょ》が一家《いっか》をささえなければならなくなってしまう。和歌《わか》ではとてもくらしていけないので、一葉《いちよう》は小説《しょうせつ》を書《か》こうと決心《けっしん》したんだよ。小説家《しょうせつか》のもとへ書《か》きかたをならいに行《い》き、ある時期《じき》は、おかし屋《や》などもやりながら、小説《しょうせつ》にとりくんだんだ。

一葉《いちよう》は、美《うつく》しい古風《こふう》な文《ぶん》で、貧《まず》しさに負《ま》けずに生《い》きていく女性《じょせい》のすがたを描《えが》き、「今紫《いまむらさき》」や「今清少《いませいしょう》」とよばれたりした。「いまの時代《じだい》の紫式部《むらさきしきぶ》」みたいな意味《いみ》だね。

下町《したまち》の貧《まず》しい子《こ》どもたちの生活《せいかつ》などを書《か》いた『たけくらべ』が代表作《だいひょうさく》だよ。

齋藤孝の
偉人《いじん》
かいせつ

# 与謝野晶子《よさのあきこ》

与謝野晶子《よさのあきこ》のすごいところは、そのパワフルさだね。好《す》きな人《ひと》と結婚《けっこん》しておわりじゃなく、恋心《こいごころ》をエネルギーに、自分《じぶん》が文学者《ぶんがくしゃ》として大《おお》きくなっていくんだ。

しかも子《こ》どもを 12 人《にん》も産《う》んで、11 人《にん》をそだてている。赤《あか》ちゃんはおなかに 10 か月《げつ》いるわけだから、妊娠《にんしん》しながら活動《かつどう》していた時期《じき》も長《なが》いよね。子《こ》どもむけにも、たくさんの童話《どうわ》を書《か》いているので、興味《きょうみ》のある人《ひと》はぜひ読《よ》んでほしいな。

また政治《せいじ》についても発言《はつげん》をして、「女性《じょせい》は社会《しゃかい》の日《ひ》のあたるところでもっと活躍《かつやく》できるものだ。」と、女性《じょせい》の社会的地位《しゃかいてきちい》をぐーっとおしあげた人《ひと》なんだよ。戦時中《せんじちゅう》には、戦地《せんち》へ行《い》く弟《おとうと》の身《み》をあんじる詩《し》を書《か》き、「非国民《ひこくみん》だ！」とみんなから非難《ひなん》されても、「どこが悪《わる》いのか！」と強《つよ》かった。

与謝野晶子《よさのあきこ》は、日本《にっぽん》の社会《しゃかい》への影響力《えいきょうりょく》ということでは、近代《きんだい》の女性《じょせい》のなかでもいちばんの存在感《そんざいかん》がある。女《おんな》の人《ひと》がもっている、ものすごい生命《せいめい》エネルギーを感《かん》じさせる人《ひと》だね。

若《わか》くして亡《な》くなった、心《こころ》やさしい童謡詩人《どうようしじん》

# 金子《かねこ》みすず

金子みすず（1903 ～ 1930 年）
大正～昭和時代に活躍した詩人。作品を童謡雑誌に投稿したところ、注目をあび、「童謡詩人の巨星」とよばれるようになる。弱者の立場にたつやさしい作風で、近年その作品が見なおされ、人気となった。

「テルちゃん。そんなところでなにしてるの？」

テルが田《た》んぼのあぜ道《みち》にしゃがみこんでいると、ふいに後《うし》ろから声《こえ》をかけられた。おなじクラスのカエちゃんだ。テルははずかしそうに、色白《いろじろ》のほおをポッと赤《あか》らめた。

「たんぽぽがね、咲《さ》いているの。今日《きょう》はいいお天気《てんき》でしょう。陽《ひ》ざしが強《つよ》くて暑《あっ》いよーっていっている気《き》がして、手《て》で日陰《ひかげ》をつくってあげていたのよ。」

「テルちゃんたら、お花《はな》にもやさしいのね。」

「ううん。そんなことないわ。だって、たんぽぽさん、いっしょうけんめい咲《さ》いてるんだもの。お花《はな》の命《いのち》もわたしの命《いのち》もおなじだと思《おも》うと、たまらなくなってしまって。」

そういうと、テルはまたはずかしそうに笑《わら》った。

金子《かねこ》テルは、小《ちい》さいころから空想《くうそう》ずきの女《おんな》の子《こ》だった。毎日《まいにち》、学校《がっこう》にかよう道《みち》のとちゅうで、目《め》にうつるいろいろなものに想《おも》いをはせる時間《じかん》が大《だい》すきだった。ふきとばされそうなほど風《かぜ》が強《つよ》い日《ひ》があれば、

「今日《きょう》の風《かぜ》さんは、なんだか怒《おこ》っているみたい。きっとお母《かあ》さんがおでかけで、あばれたくなるほどさびしいのね。」

真《ま》っ青《さお》にすみきった空《そら》をながめたら、

「このままずーっとお空《そら》を見《み》ていたら、わたしの目《め》もきれいな青色《あおいろ》になるのかしら。」

などと、日々《ひび》想像《そうぞう》をふくらませてあそぶのだった。

大人《おとな》になっても、テルの空想《くうそう》ずきはかわらなかった。高等女学校《こうとうじょがっこう》を卒業《そつぎょう》する

と、テルは母《はは》の再婚相手《さいこんあいて》がいとなむ書店《しょてん》の店番《みせばん》をするようになった。

そんなある日《ひ》。弟《おとうと》の正祐《まさすけ》といっしょに店番《みせばん》をしていたときのことだった。

「ねえ、まあちゃん。西条八十《さいじょうやそ》っていう人《ひと》の書《か》く詩《し》を読《よ》んだことある？」

「うん。『唄《うた》をわすれたかなりやは……』とかいう詩《し》を書《か》いた人《ひと》だろ？」

「そう！　とってもすてきな詩《し》をつくるのよね。わたし、大《だい》すきなのよ。」

「それならテルちゃんも詩《し》を書《か》いてみたらどうだい？　テルちゃんはとってもおもしろい考《かんが》えをもっているから、きっとすてきな詩《し》が書《か》けると思《おも》うなあ。」

「そうかしら。……でも自分《じぶん》で書《か》くのも楽《たの》しそうね！　今日《きょう》から書《か》いてみようかしら。」

「そうだよ、そうだよ。いいのができたら雑誌《ざっし》に投稿《とうこう》してみたら？」

「まあ。投稿《とうこう》するなんて……。でもすてきね。やってみようかな。」

そういってテルは目《め》を輝《かがや》かせた。

その晩《ばん》から、テルの詩《し》づくりははじまった。詩《し》にする題材《だいざい》はいくらでも思《おも》いうかんできた。今日見《きょうみ》た、黄金色《こがねいろ》に輝《かがや》いていた美《うつく》しい夕暮《ゆうぐ》れ、庭《にわ》いっぱいにひろがるキンモクセイの香《かお》り、おさないころに感《かん》じた母《はは》のぬくもり……。夕食《ゆうしょく》の焼《や》き魚《ざかな》を思《おも》いだしたときは、こんな詩《し》を書《か》いてみた。

**お魚《さかな》**

海《うみ》の魚《さかな》はかわいそう。

お米《こめ》は人《ひと》につくられる、
牛《うし》は牧場《まきば》で飼《か》われてる、

鯉《こい》もお池《いけ》で麩《ふ》をもらう。

けれども海《うみ》のお魚《さかな》は
なんにも世話《せわ》にならないし
いたずらひとつしないのに
こうしてわたしに食《た》べられる。

ほんとに魚《さかな》はかわいそう。

そしてお気《き》にいりの詩《し》ができるたび、テルは〝金子《かねこ》みすゞ〟というペンネームで雑誌《ざっし》に投稿《とうこう》するようになった。

詩《し》を書《か》きはじめて一か月後《げつご》。テルが投稿《とうこう》した雑誌《ざっし》の最新号《さいしんごう》が、書店《しょてん》にはいってきた。弟《おとうと》の正祐《まさすけ》が、いちはやくテルの元《もと》へ雑誌《ざっし》をもってやってきた。

「テルちゃん、最新号《さいしんごう》がとどいたよ！　掲載《けいさい》されているか見《み》てみようよ。」

「いやよ。きっと落選《らくせん》しているもの。まあちゃんがたしかめてくれない？」

そういわれ、正祐《まさすけ》はテルのかわりにページをめくりはじめた。

「おおっ！」

正祐《まさすけ》はとつぜん大声《おおごえ》をあげた。テルの詩《し》が採用《さいよう》されていた。しかもなんと、投稿《とうこう》したすべての詩《し》が採用《さいよう》されていたのである。

「うそでしょ、しんじられないわ……。こんなことって。」

あまりのおどろきとうれしさに、テルはその場《ば》にしゃがみこみながら、目《め》に涙《なみだ》をためた。

「うそじゃないよ。しかも選者《せんじゃ》はテルちゃんの大《だい》すきな西条八十《さいじょうやそ》だよ！」

「ああ。こんなにうれしいことって、生《う》まれてはじめてだわ！」

「すごい、すごいよ。やっぱりテルちゃんは天才《てんさい》だ！」

テルと正祐《まさすけ》は手《て》をとりあって喜《よろこ》んだ。

それからというもの、テルはいままで以上《いじょう》にせっせと詩《し》を書《か》いた。毎号毎《まいごうまい》号《ごう》、テルの詩《し》はかならず三つか四つは採用《さいよう》されるようになり、西条《さいじょう》からの評価《ひょうか》もうなぎのぼりにあがった。

「金子《かねこ》みすずは、若《わか》き童謡詩人《どうようしじん》のなかの巨星《きょせい》である。」

そう賞賛《しょうさん》され、テルはあっというまに投稿詩人《とうこうしじん》たちのあこがれの的《まと》となった。そして詩《し》を書《か》きはじめて三年《ねん》。二十三歳《さい》という若《わか》さで、正式《せいしき》に童謡詩人《どうようしじん》として世間《せけん》にみとめられたのであった。

**大漁《たいりょう》**

朝焼《あさや》け小焼《こや》けだ
大漁《たいりょう》だ
大羽鰮《おおばいわし》の
大漁《たいりょう》だ。

浜《はま》は祭《まつ》りの
ようだけど
海《うみ》のなかでは
何万《なんまん》の
鰮《いわし》のとむらい

するだろう。

## 私《わたし》と小鳥《ことり》と鈴《すず》と

私《わたし》が両手《りょうて》をひろげても、
お空《そら》はちっとも飛《と》べないが、
飛《と》べる小鳥《ことり》は私《わたし》のように、
地面《じべた》を速《はや》くは走《はし》れない。

私《わたし》がからだをゆすっても、
きれいな音《おと》は出《で》ないけど、

あの鳴《な》る鈴《すず》は私《わたし》のように
たくさんな唄《うた》は知《し》らないよ。

鈴《すず》と、小鳥《ことり》と、それから私《わたし》、
みんなちがって、みんないい。

金子《かねこ》みすず（テル）は二十六歳《さい》という短《みじか》い生涯《しょうがい》の、わずか五年間《ねんかん》ほどのあいだに、五百をこえる詩《し》をつくった。自然《しぜん》をいつくしみ、命《いのち》へのあたたかいやさしさであふれているみすずの詩《し》は、日本人《にほんじん》の心《こころ》に深《ふか》くひびくものばかりだった。

そしていまでは、数々《かずかず》の詩《し》に曲《きょく》がつけられ、詩《し》としてだけでなく童謡《どうよう》、歌《か》曲《きょく》、合唱曲《がっしょうきょく》として、さまざまな分野《ぶんや》で愛《あい》されているのである。

ものしり偉人伝

## 若死《わかじ》にした天才詩人《てんさいしじん》・童話作家《どうわさっか》「宮沢賢治《みやざわけんじ》」

金子《かねこ》みすずとおなじく、個性的《こせいてき》でファンタジックな作品《さくひん》をのこした詩人《しじん》であり、童話作家《どうわさっか》だ。

岩手県《いわてけん》のお金持《かねも》ちの家《いえ》に生《う》まれた賢治《けんじ》は、農民《のうみん》たちが苦《くる》しい生活《せいかつ》をしていることを心苦《こころぐる》しく思《おも》っていた。「みんなが幸《しあわ》せになれる世界《せかい》」を、賢治《けんじ》は子《こ》どものころからもとめていたんだ。

やがて東京《とうきょう》に出《で》て、書《か》いた詩《し》や童話《どうわ》を出版社《しゅっぱんしゃ》へもちこんだんだけど、採用《さいよう》されなかった。そして岩手《いわて》に帰《かえ》った賢治《けんじ》は、農学校《のうがっこう》の先生《せんせい》になるんだ。彼《かれ》の授業《じゅぎょう》は、とてもおもしろかったようだよ。やがて先生《せんせい》をやめ、昼《ひる》は農業《のうぎょう》をやりながら、夜《よる》に詩《し》や童話《どうわ》を書《か》く生活《せいかつ》をはじめたんだ。農村《のうそん》の青年《せいねん》たちに農業技術《のうぎょうぎじゅつ》などを教《おし》える会《かい》をつくるとか、いろいろなことを熱心《ねっしん》にやっていたけど、病気《びょうき》にかかり、37歳《さい》で死《し》んでしまう。彼《かれ》の作品《さくひん》のほとんどは、彼《かれ》が死《し》んだあとに発見《はっけん》されたものなんだ。

童話《どうわ》の代表作《だいひょうさく》としては『注文《ちゅうもん》の多《おお》い料理店《りょうりてん》』や、大好《だいす》きだった妹《いもうと》の死《し》をテーマにおりこんだ『銀河《ぎんが》鉄道《てつどう》の夜《よる》』などが有名《ゆうめい》だよ。

齋藤孝の
偉人《いじん》
かいせつ

# 金子《かねこ》みすず

金子《かねこ》みすずは、一度《いちど》わすれられていて、再発見《さいはっけん》された詩人《しじん》なんだ。

代表作《だいひょうさく》『私《わたし》と小鳥《ことり》と鈴《すず》と』は、それぞれみんなにいいところがあって、大切《たいせつ》な存在《そんざい》なんだよというメッセージ。ぼくらが生《い》きていくときに、この「みんなちがって、みんないい。」という言葉《ことば》だけで、ほっとすくわれた人《ひと》も多《おお》いと思《おも》う。

ほかにも雪《ゆき》のつもりになって考《かんが》えたり、鰮《いわし》の立場《たちば》で大漁《たいりょう》をとらえたりと、彼女《かのじょ》の作品《さくひん》は、小《ちい》さなものを心配《しんぱい》して、それぞれに命《いのち》があるものとして見《み》る、やさしい気持《きも》ちがあふれているんだね。それは彼女《かのじょ》が当時《とうじ》の日本《にっぽん》のなかで、女性《じょせい》ということでずいぶんつらい目《め》にあっていたからだと思《おも》うんだ。自分《じぶん》の思《おも》うようには生《い》きられないつらさが彼女《かのじょ》にはつねにあって、そのため、弱《よわ》いものや小《ちい》さいものの立場《たちば》でものごとをとらえる感性《かんせい》をもっていたんだろうね。

そして金子《かねこ》みすずは、子《こ》どもたちへの想《おも》いをこめて、みんなの気持《きも》ちが豊《ゆた》かになるような歌《うた》をとどけようと、詩《し》を書《か》いたんだ。

日本全国《にっぽんぜんこく》を歩《ある》いてまわり、正確《せいかく》な地図《ちず》をつくった

# 伊能忠敬《いのうただたか》

伊能忠敬（1745 ～ 1818 年）
江戸時代後期の地理学者。50 歳をすぎてから、
本格的に測量や天文学を学び、17 年をかけて
日本各地を測量してまわった。そうして、
だれもがおどろくほど正確な日本地図をつくった。

やっと、このときがきた。忠敬《ただたか》の心《こころ》に、もう迷《まよ》いはいっさいなかった。息子《むすこ》の景敬《かげたか》を自分《じぶん》の部屋《へや》へよびよせ、こうきりだした。

「わたしは、今日《きょう》をもっていとまをもらうことにした。明日《あす》からは家業《かぎょう》のすべてをおまえにゆずる。店《みせ》をよろしくたのんだぞ。」

「ええ？　お父《とう》さん、とつぜん、どうしたというのですか。」

「わたしには、やりのこしたことがあるのだ。近々《ちかぢか》江戸《えど》へでて、天文学《てんもんがく》の勉強《べんきょう》をしようと考《かんが》えておる。」

「勉強《べんきょう》、ですか？」

伊能忠敬《いのうただたか》が、五十歳《さい》のときのことだった。

「じつは、地球《ちきゅう》の直径《ちょっけい》を計算《けいさん》しようと思《おも》っているのです。」

「なるほど。おもしろいところへ目《め》をつけられましたな。」

忠敬《ただたか》の師《し》である高橋至時《たかはしよしとき》は、こういって深《ふか》くうなずき腕《うで》をくんだ。

江戸《えど》の浅草《あさくさ》にある天文局《てんもんきょく》にて、自分《じぶん》より二十も下《した》で、息子《むすこ》くらい年《とし》のはなれた天文学者《てんもんがくしゃ》、高橋至時《たかはしよしとき》にひたすらたのみこんで弟子《でし》いりさせてもらった忠敬《ただたか》は、くる日《ひ》もくる日《ひ》も、ねる間《ま》もおしんで勉強《べんきょう》にはげんでいた。若《わか》いときに中断《ちゅうだん》せざるをえなかった勉強《べんきょう》をすきなだけできることが、ただただ楽《たの》しくてしかたがなかった。

天文学《てんもんがく》についての書物《しょもつ》を読《よ》みあさり、地球《ちきゅう》のこと、太陽《たいよう》のこと、そのまわりにある星《ほし》たちのことを深《ふか》く知《し》るにつれて、地球《ちきゅう》とははたしてどのくらいの大《おお》きさなのか、忠敬《ただたか》はしらべてみたくなったのだった。

「ふたつの地点《ちてん》から北極星《ほっきょくせい》を観測《かんそく》し、その見《み》あげる角度《かくど》を比較《ひかく》すれば、緯度《いど》の差《さ》がわかります。ということは、そのふたつの地点《ちてん》の距離《きょり》がわかれば、計算《けいさん》で地球《ちきゅう》の外周《がいしゅう》がみちびきだせると思《おも》うのです。」

「なるほど、それで天文局《てんもんきょく》と自宅《じたく》の距離《きょり》をひそかにはかっていたのですね。」

「はい。しかし、ふたつの地点《ちてん》が近《ちか》すぎて、なかなか正確《せいかく》なこたえがでてこないのです。」

「たしかに、この距離《きょり》では正確《せいかく》なものはわからないなあ。よし、それではわたしもなにかいい案《あん》を考《かんが》えてみましょう。」

「先生《せんせい》、ありがとうございます。せっかくえたこの学問《がくもん》の知識《ちしき》を、わたしはどうにか世間《せけん》のお役《やく》に立《た》てたいのです。」

そういって忠敬《ただたか》は、ひたいを畳《たたみ》にこすりつけるようにして頭《あたま》をさげた。

「伊能《いのう》さん。蝦夷地《えぞち》へ行《い》ってみませんか？」

ある日《ひ》、至時《よしとき》がもちかけてきたのは、蝦夷地《えぞち》の測量《そくりょう》という仕事《しごと》だった。いまの北海道《ほっかいどう》である。当時《とうじ》、蝦夷地《えぞち》へは、ロシアの船《ふね》がたびたびやってきて、ひそかに貿易《ぼうえき》をしたり、攻撃《こうげき》をしかけたりしていて、江戸幕府《えどばくふ》のなやみのたねになっていた。沿岸《えんがん》の警護《けいご》をするためにも、その地域《ちいき》の地図《ちず》が必要《ひつよう》だった。

「蝦夷地《えぞち》の測量《そくりょう》をしながら、ついでに緯度《いど》をはかることもできます。そうすれば、いつか話《はな》していた地球《ちきゅう》の直径《ちょっけい》をしらべる役《やく》にも立《た》ちましょう。」

忠敬《ただたか》は少年《しょうねん》のように目《め》をかがやかせながら、ふたつ返事《へんじ》でこの役目《やくめ》をひきうけた。そして五十五歳《さい》の四月《がつ》、江戸《えど》からはるか北《きた》の蝦夷地《えぞち》へむけて出発《しゅっぱつ》したのだった。

測量《そくりょう》の方法《ほうほう》は、歩幅《ほはば》がつねに一定《いってい》になるように数人《すうにん》であるき、その歩数《ほすう》の平均値《へいきんち》を出《だ》して距離《きょり》をはかるという、たいへん地道《じみち》なものだった。忠敬一行《ただたかいっこう》は、雨《あめ》や風《かぜ》や雪《ゆき》など、ものともせず、毎日《まいにち》ひたすらおなじ歩幅《ほはば》であるきつづけた。道《みち》らしい道《みち》がない場所《ばしょ》も多《おお》かったが、どんなにけわしい海岸線《かいがんせん》や山道《やまみち》にも果敢《かかん》に足《あし》をふみいれた。

そして夜《よる》は、天体観測《てんたいかんそく》で北極星《ほっきょくせい》の位置《いち》を確認《かくにん》してその場所《ばしょ》の緯度《いど》をしらべ、昼間《ひるま》にだした距離《きょり》との誤差《ごさ》を修正《しゅうせい》していくのだ。

あるきつづけた体《からだ》は悲鳴《ひめい》をあげ、関節《かんせつ》はまげるたびにギシギシとにぶい音《おと》をさせている。しかし、体《からだ》を横《よこ》にして休《やす》める時間《じかん》などほとんどなかった。

そんな過酷《かこく》な生活《せいかつ》を半年《はんとし》ほどつづけ、ようやく江戸《えど》へもどった忠敬《ただたか》は、すぐさま地図《ちず》の作製《さくせい》にとりかかり、その年《とし》の末《すえ》には「蝦夷地東南部沿海地図《えぞちとうなんぶえんかいちず》」を完《かん》

成《せい》させたのだった。

「これはたまげましたな。」

「こんなにこまかくて正確《せいかく》な地図《ちず》は、いままで見《み》たことがない。」

忠敬《ただたか》のつくった地図《ちず》を見《み》て、幕府《ばくふ》の役人《やくにん》たちは、あまりに立派《りっぱ》なできばえに目《め》を見《み》はった。そのようすを至時《よしとき》からつたえきいた忠敬《ただたか》は、真《ま》っ黒《くろ》に日焼《ひや》けしたほおを赤《あか》らめながら、いままでの苦労《くろう》がふっとぶかのような感動《かんどう》をおぼえた。

「この旅《たび》でえた測量《そくりょう》技術《ぎじゅつ》を役《やく》に立《た》てていきたい。ぜひ蝦夷地《えぞち》だけではなく、日《に》本全体《ほんぜんたい》の地図《ちず》をつくってみたいものだ……。」

そう思《おも》った忠敬《ただたか》は、年《とし》があけると、みずからすすんで東日本《ひがしにほん》の測量《そくりょう》の旅《たび》へ出《で》ることにした。まずは伊豆半島《いずはんとう》をまわってから東海道《とうかいどう》を東《ひがし》にすすみ、東京湾《とうきょうわん》にそって房総半島《ぼうそうはんとう》をひとめぐり。そのまま北《きた》へ北《きた》へと海岸《かいがん》ぞいをすすんで青森《あおもり》まであるき、奥州街道《おうしゅうかいどう》をとおってひとまず江戸《えど》へ。そこでひと息《いき》ついて、青森《あおもり》から新潟《にいがた》、東海地方《とうかいちほう》へと西海岸《にしかいがん》の測量《そくりょう》をし、四年《ねん》の月日《つきひ》をかけて東日本《ひがしにほん》の地図《ちず》をつくりあげた。

それから一年《ねん》もたたないうちに、つぎは西日本《にしにほん》の測量《そくりょう》にとりかかった。東海道《とうかいどう》を西《にし》へ西《にし》へとすすみ、一日《にち》に、多《おお》いときでは五十キロ以上《いじょう》の道《みち》のりをひたすらあるきつづけた。絶壁《ぜっぺき》になってすすむことのできない、いりくんだ海岸《かいがん》は、小舟《こぶね》にのりながらつなをわたして距離《きょり》をはかった。琵琶湖《びわこ》など大《おお》きな湖《みずうみ》があれば、そのまわりをはかり、本島《ほんとう》のそばにうかぶ島々《しまじま》もひとつのこらず測量《そくりょう》した。予定《よてい》の倍以上《ばいいじょう》の年月《ねんげつ》をかけながらも、なんとか四国《しこく》、九州《きゅうしゅう》もまわりきり、日本全土《にほんぜんど》の測量《そくりょう》をおえたのは、忠敬《ただたか》が七十二歳《さい》のときのことだった。蝦夷地《えぞち》へはじめて測量《そくりょう》に出発《しゅっぱつ》した日《ひ》から、足《あし》かけ十七年《ねん》。忠敬《ただたか》があるいた距離《きょり》はじつに四万《まん》キロ、地球《ちきゅう》一周分《しゅうぶん》をあるいたことになる。

つらくて長《なが》い測量《そくりょう》の旅《たび》で、忠敬《ただたか》の体《からだ》はすでに限界《げんかい》にたっしていた。歯《は》はすべてぬけ落《お》ち、持病《じびょう》のぜんそくもひどくなるばかりだった。それでも忠敬《ただたか》は、体《からだ》を休《やす》めようとはしなかった。いままでの測量結果《そくりょうけっか》をまとめ、地図《ちず》にしあげるという最後《さいご》の大仕事《おおしごと》がまっているのだ。だからどんなに自分《じぶん》の娘《むすめ》から体《からだ》を気《き》づかい、休《やす》むようにいわれても、

「わたしはまだまだ元気《げんき》だ。歯《は》がなくなって、大好物《だいこうぶつ》の奈良漬《ならづ》けはもう食《た》べられないがのう。」

といって笑《わら》うだけだった。

しかし体《からだ》はいよいよ悪《わる》く、おきあがることもままならなくなり、地図《ちず》の完成《かんせい》を見《み》ることなく、忠敬《ただたか》は息《いき》をひきとった。七十四歳《さい》であった。

忠敬《ただたか》の死後《しご》三年《ねん》たって、ようやく弟子《でし》たちの手《て》で完成《かんせい》され、幕府《ばくふ》へ献上《けんじょう》された『大日本沿海輿地全図《だいにほんえんかいよちぜんず》』は、だれもが息《いき》をのむほど精密《せいみつ》で完璧《かんぺき》なものだった。


「西洋《せいよう》の器具《きぐ》をつかわずに、こんな正確《せいかく》な地図《ちず》がつくれるとは！」

四十年《ねん》あまりのち、イギリスの測量隊《そくりょうたい》は日本沿岸《にほんえんがん》を測量《そくりょう》しようとしたとき、忠敬《ただたか》の地図《ちず》を見《み》ておどろき、測量《そくりょう》を中止《ちゅうし》したほどだった。

その後《ご》、空撮《くうさつ》という近代的《きんだいてき》な方法《ほうほう》で新《あたら》しい地図《ちず》をつくったときも、忠敬《ただたか》の地《ち》図《ず》とはほとんどちがいがなく、人々《ひとびと》をおどろかせた。鎖国《さこく》しながらも高《たか》い文明《ぶんめい》をもった日本《にっぽん》の力《ちから》を、忠敬《ただたか》の地図《ちず》が証明《しょうめい》したのだった。

また忠敬《ただたか》のほんらいの目的《もくてき》であった「地球《ちきゅう》の直径《ちょっけい》」も、最初《さいしょ》の測量《そくりょう》をおえたときに、忠敬《ただたか》はすでに計算《けいさん》し、みちびきだしていた。その数値《すうち》は現在《げんざい》わかっている地球《ちきゅう》の直径《ちょっけい》と、千分《ぶん》の一ほどの誤差《ごさ》しかないくらい正確《せいかく》であった。

人生《じんせい》五十年《ねん》といわれていた時代《じだい》に、五十代《だい》になってから測量《そくりょう》の旅《たび》へと忠敬《ただたか》をつきうごかしたのは、知《し》りたいという学問《がくもん》への探究心《たんきゅうしん》と、自分《じぶん》にあたえられた使命《しめい》を最後《さいご》までやりとげるというかたい決意《けつい》であった。

忠敬《ただたか》は息子《むすこ》へあてた手紙《てがみ》の中《なか》で、こう書《か》きのこしている。

「天文暦学《てんもんれきがく》の勉強《べんきょう》や国々《くにぐに》を測量《そくりょう》することで、後世《こうせい》に名誉《めいよ》をのこすつもりは一切《いっさい》ありません。いずれも自然天命《しぜんてんめい》であります。」

## 伊能忠敬《いのうただたか》はみだしコラム

# 大日本沿海輿地全図《だいにほんえんかいよちぜんず》

伊能忠敬《いのうただたか》のつくった地図《ちず》は、外国人《がいこくじん》もびっくりするほどの正確《せいかく》さだった。いまの地図《ちず》とくらべても、ほとんどちがわないのだから、すごいよね。

あまりのできばえのためか、幕府《ばくふ》はこの地図《ちず》を国《こく》外《がい》にもちだすことを禁止《きんし》した。それでもしだいにひろまっていき、外国《がいこく》でいいかげんな形《かたち》に描《か》かれていた日本《にっぽん》の地図《ちず》も、忠敬《ただたか》の地図《ちず》をもとに正《ただ》しく描《か》かれるようになったんだ。

忠敬《ただたか》の『大日本沿海輿地全図《だいにほんえんかいよちぜんず》』の一部《いちぶ》

齋藤孝の
偉人《いじん》
かいせつ

# 伊能忠敬《いのうただたか》

伊能忠敬《いのうただたか》に感心《かんしん》するのは、自分《じぶん》の足《あし》で計測《けいそく》してほとんど狂《くる》いがないという技術《ぎじゅつ》のすばらしさもあるけれど、なにより彼《かれ》の持続力《じぞくりょく》にびっくりする。自分《じぶん》の足《あし》で全国《ぜんこく》をまわってしらべようというその思《おも》いを、ずっといだきつづけた超人《ちょうじん》だ！

井上《いのうえ》ひさしさんが伊能忠敬《いのうただたか》をテーマに『四千万歩《まんぽ》の男《おとこ》』という本《ほん》を書《か》いているように、忠敬《ただたか》は、じつに 4000 万歩《まんぽ》をかけてしらべたわけだね。100 歩《ぽ》くらいなら、だれだってできる。でもそれを 4000 万歩《まんぽ》くりかえせるかがポイントなんだ。日本全国《にほんぜんこく》の道《みち》なき海岸線《かいがんせん》を、方角《ほうがく》を計測《けいそく》しながら、おなじ歩幅《ほはば》であるく。それだけ地道《じみち》な一歩《いっぽ》をつみかさねていくことは、ふつうの人《ひと》にはできない。それをやったから、忠敬《ただたか》は超人《ちょうじん》になったわけだ。

メジャーリーグで年間安打数《ねんかんあんだすう》の新記録《しんきろく》をうちたてたイチロー選手《せんしゅ》は、「ひとつひとつのことをつみかさねることが、とんでもないところへ行《い》けるただひとつの道《みち》だ。」といっている。そうしてみると、伊能忠敬《いのうただたか》とイチロー選手《せんしゅ》は似《に》ているね。

西洋《せいよう》医学《いがく》の手本書《てほんしょ》を苦労《くろう》して翻訳《ほんやく》した医学者《いがくしゃ》

# 杉《すぎ》田《た》玄《げん》白《ぱく》

杉田玄白（1733 ～ 1817 年）
江戸中期の医者。オランダ語で書かれた医学書
『ターヘル・アナトミア』の翻訳に、
前野良沢たちととりくみ、『解体新書』として出版した。
これにより日本の医学は、ぐんと進歩した。

「ごめんください。杉田先生《すぎたせんせい》、おられますか。」

とある昼《ひる》さがり、医者《いしゃ》なかまの中川淳庵《なかがわじゅんあん》が、とつぜん玄白《げんぱく》をたずねてきた。手《て》には大切《たいせつ》そうに風呂敷《ふろしき》づつみをかかえている。

座敷《ざしき》にとおされるやいなや、中川淳庵《なかがわじゅんあん》は、

「先生《せんせい》、この本《ほん》のことをごぞんじですか。」

といいながら、風呂敷《ふろしき》づつみをひろげはじめた。中《なか》からでてきたのは、異国《いこく》の言葉《ことば》で書《か》かれている一冊《さつ》の本《ほん》であった。

「さあ。はじめて拝見《はいけん》しますな。」

「オランダ商館《しょうかん》からおかりしてきたのですが、これはオランダの『ターヘル・アナトミア』という解剖学《かいぼうがく》の本《ほん》でございます。とりあえず、中《なか》をごらんになってください。」

「どれどれ。んん？　こ、これは……！」

中川《なかがわ》にうながされて本《ほん》をひらいたとたん、杉田玄白《すぎたげんぱく》は思《おも》わず息《いき》をのんだ。そこには、人《ひと》の全身《ぜんしん》とならんで体《からだ》の中《なか》の構造《こうぞう》らしき絵図《えず》が、事《こと》こまかに描《えが》かれていたのである。しかしその人体図《じんたいず》は、東洋医学《とうよういがく》で学《まな》んだ五臓六腑《ごぞうろっぷ》の図《ず》とは、まるで似《に》ても似《に》つかない。

玄白《げんぱく》は、おどろきをかくせなかった。そんな玄白《げんぱく》のようすを見《み》て、中川《なかがわ》は興《こう》奮《ふん》ぎみにこうつづけた。

「おどろきでございましょう。わたくしも最初《さいしょ》見《み》たときはたまげました。オランダ語《ご》ゆえ、なにが書《か》かれているかはさっぱりわかりませんが、これが西洋医《せいようい》学《がく》の解剖図《かいぼうず》でございます。」

「ほう、解剖図《かいぼうず》……。しょうじき、圧倒《あっとう》されてため息《いき》しかでてきませんなあ。

それにしても、東洋医学《とうよういがく》の五臓六腑《ごぞうろっぷ》の図《ず》とはまるでちがう……。この解剖図《かいぼうず》は、まるで見《み》て描《えが》いたかのようだが、まことに人《ひと》の体《からだ》の中《なか》とはこのようになっているのか？」

「さあ。わが国《くに》では人体《じんたい》の解剖《かいぼう》は禁止《きんし》されていますから、なんとも。」

「医者《いしゃ》として、医術《いじゅつ》の基本《きほん》となる人体《じんたい》について知《し》らぬのは、はずかしいこと。どうにかして本物《ほんもの》をたしかめたいものですなあ。なあ、中川先生《なかがわせんせい》。」

「まことにそのとおりです。」

そういって玄白《げんぱく》と中川淳庵《なかがわじゅんあん》は、おたがいに顔《かお》を見《み》あわせ、力《ちから》なくため息《いき》をついた。

ほどなくして、そんな玄白《げんぱく》たちに絶好《ぜっこう》の機会《きかい》がめぐってきた。小塚原《こづかっぱら》の刑場《けいじょう》にて、罪人《ざいにん》の腑分《ふわ》け（解剖《かいぼう》）がおこなわれるという情報《じょうほう》がはいったのだ。

玄白《げんぱく》は、この機会《きかい》をけっしてのがすまいと、『ターヘル・アナトミア』を手《て》に中川淳庵《なかがわじゅんあん》とともに刑場《けいじょう》へかけつけた。

刑場《けいじょう》につくと、おなじく医者《いしゃ》なかまの前野良沢《まえのりょうたく》がすでに待機《たいき》していた。手《て》にはおなじ本《ほん》をかかえている。

「これはこれは、前野《まえの》先生《せんせい》。先生《せんせい》もその本《ほん》をごらんになったのですね。」

「ええ、杉田《すぎた》先生《せんせい》たちもですか。やはり考《かんが》えることはおなじですね。」

「この本《ほん》の絵図《えず》がどこまで真実《しんじつ》か、この目《め》でしかと確認《かくにん》いたしましょう！」

そういって三人《にん》はかたい握手《あくしゅ》をかわした。

そしてついに、ずっと切《せつ》にねがっていた解剖《かいぼう》の場《ば》にはじめて立《た》ちあう瞬間《しゅんかん》がやってきた。

最初《さいしょ》は平静《へいせい》をよそおって見学《けんがく》していた玄白《げんぱく》だったが、解剖《かいぼう》がすすむにつれて平常心《へいじょうしん》ではいられなくなってきた。

「なんだこれは……。すごい、すごすぎる。」

おどろきと感動《かんどう》で、本《ほん》をもつ手《て》が、がくがくふるえてくる。なぜなら、本《ほん》に描《えが》かれていた絵《え》と実物《じつぶつ》は、まるでおなじだったのだ。見《み》くらべれば見《み》くらべるほど、内臓《ないぞう》ひとつひとつのこまかいところまで正確《せいかく》だった。玄白《げんぱく》は夢中《むちゅう》で体内《たいない》をすみずみまで観察《かんさつ》し、本《ほん》の絵図《えず》と何度《なんど》も何度《なんど》もてらしあわせた。

見学《けんがく》をおえたかえり道《みち》、三人《にん》は興奮《こうふん》をおさえることができなかった。

「まさかあそこまで正確《せいかく》だとは。感激《かんげき》で胸《むね》がいっぱいで言葉《ことば》になりませぬ。わたしは西洋医学《せいようゐがく》のすばらしさを痛感《つうかん》いたした。」

「同感《どうかん》ですな。この本《ほん》はまことにすばらしい！　本文《ほんぶん》はまったく読《よ》めないが、きっと勉強《べんきょう》になることがたくさん書《か》かれているのでしょうなあ。ああ、日本語《にほんご》に訳《やく》すことができたら、どれだけこの国《くに》の医術《いじゅつ》の発展《はってん》に役立《やくだ》つことかわかりませんな。」

「それだ！　この本《ほん》をわれわれで日本語《にほんご》に訳《やく》そうではないですか！　そして国《くに》の財産《ざいさん》にいたしましょう！」

「なるほど。それは名案《めいあん》だ！　やりましょう！」

「では、善《ぜん》は急《いそ》げだ。さっそく明日《あす》から、翻訳《ほんやく》にかかりましょうぞ！」

こうして腑分《ふわ》けを見学《けんがく》した翌日《よくじつ》から、三人《にん》は『ターヘル・アナトミア』の翻《ほん》訳《やく》にとりかかることにしたのであった。

『ターヘル・アナトミア』を日本中《にほんじゅう》にひろめたいという玄白《げんぱく》たちの想《おも》いはゆるぎのないものだったが、翻訳《ほんやく》の作業《さぎょう》は想像以上《そうぞういじょう》のたいへんさであった。

かろうじて前野良沢《まえのりょうたく》が、長崎《ながさき》でオランダ語《ご》をすこし学《まな》んではいたが、玄白《げんぱく》にはアルファベットが読《よ》める程度《ていど》の知識《ちしき》しかなく、オランダ語《ご》はまったくといっていいほどわからなかった。そのため、オランダ語《ご》を一《いち》から学《まな》びつつ、同時《どうじ》に並行《へいこう》して翻訳《ほんやく》もしなければならないという、気《き》の遠《とお》くなるような作業《さぎょう》であった。

まずは目《め》、鼻《はな》、口《くち》、心臓《しんぞう》、胃《い》、腸《ちょう》など、絵図《えず》にさししめされていて、あきらかに意味《いみ》がわかる体《からだ》の部位《ぶい》や臓器《ぞうき》の単語《たんご》を、文中《ぶんちゅう》からさがしだした。

「〝oog《オウグ》〟は〝目《め》〟と……。あった、あった。このへんにたくさん〝oog《オウグ》〟が出《で》てくるぞ。ということは、この右上《みぎうえ》の文章《ぶんしょう》には目《め》にかんすることが書《か》かれているのだな。」

そして、その単語《たんご》をたよりに前後《ぜんご》の単語《たんご》の訳《やく》に取《と》り組《く》み、文章全体《ぶんしょうぜんたい》の意味《いみ》を考《かんが》えていくのである。一行《ぎょう》を訳《やく》すのに、二日《ふつか》や三日《みっか》かかることもめずらしくはなかった。

そのうえ、うまく日本語《にほんご》に訳《やく》すことのできない言葉《ことば》がたびたび出《で》てきて、玄白《げんぱく》たちをなやませた。日本《にっぽん》ではまだ名前《なまえ》もつけられていない体《からだ》の部分《ぶぶん》が、たくさんあったのである。とりあえず、東洋医学《とうよういがく》でつかわれている名称《めいしょう》をあてはめようとしてみたが、それでもしっくりこないものも多《おお》かった。

なやみぬいたあげく、そういう言葉《ことば》には、玄白《げんぱく》たちがみずからぴったりの意味《いみ》をしめす、新《あたら》しい日本語《にほんご》をつくることにした。

「耳《みみ》を形《かたち》づくっているのは、容易《ようい》に変形《へんけい》させることができる骨《ほね》とあります。これはなんと訳《やく》しましょう。」

「そのまま軟《やわ》らかい骨《ほね》、ということで〝軟骨《なんこつ》〟というのはどうだろう。」

「それではこれは？　形質《けいしつ》が明《あき》らかではないが、人《ひと》の元気《げんき》のもととなるのは〝このもの〟のはたらきだと書《か》いてある。〝このもの〟をなんと訳《やく》そう？」

「ううむ。むずかしいのう。〝精《せい》〟とはちがうんじゃろうか。」

「東洋医学《とうよういがく》でいう〝経絡《けいらく》〟ともちょっとちがう気《き》がするしなあ。」

「うーん……。」

「これはどうだろう。人間《にんげん》が生《い》きるうえで大切《たいせつ》な、神気《しんき》のようなものがとおる経路《けいろ》ということで、〝神経《しんけい》〟と訳《やく》すのは。」

「神経《しんけい》か。それはいい。そのように訳《やく》そう。」

こうやって、ひとつひとつ相談《そうだん》して訳語《やくご》をつくっていくのだ。ひとつの言葉《ことば》を思《おも》いつくまで、何日《なんにち》も本《ほん》とにらめっこをして考《かんが》えこむこともあった。

そして全文《ぜんぶん》をひととおり訳《やく》しおえたあとも、何十回《なんじっかい》も推敲《すいこう》をかさねた。

何度《なんど》、挫折《ざせつ》しそうになったことだろう。

「やはり、われわれがやろうとしていることは、無謀《むぼう》でしかないのでは。」

「杉田先生《すぎたせんせい》、もうあきらめましょう。さすがに限界《げんかい》があります。」

「オランダ語《ご》をしっかり学《まな》んでからでもおそくはありますまい。」

ふたりがそういいだすたびに、玄白《げんぱく》は首《くび》を横《よこ》にふった。

「わたしもつらいよ。しかしだ。努力《どりょく》をすることは人間《にんげん》のつとめ。この本《ほん》を世《よ》にひろめるため、われわれはいま精《せい》いっぱいやらなければならんのだ。それがわれわれの使命《しめい》。あともうすこし、あともうすこしがんばろうではないか。」

玄白《げんぱく》はそういって、みんなをはげましつづけた。

こうして、翻訳《ほんやく》を決意《けつい》した日《ひ》から四年《ねん》がかりで、ようやく解剖書《かいぼうしょ》『ターヘル・アナトミア』の日本語訳本《にほんごやくほん》『解体新書《かいたいしんしょ》』はできあがった。

医学《いがく》といえば、東洋医学《とうよういがく》の漢方《かんぽう》が主流《しゅりゅう》だった当時《とうじ》の日本《にっぽん》にとって、『解体新書《かいたいしんしょ》』の刊行《かんこう》は衝撃的《しょうげきてき》なものだった。

「ここに書《か》かれているのは、まことのことなのか。」

「われわれがいままで学《まな》んできた東洋医学《とうよういがく》は、うそであったのか?」

日本中《にほんじゅう》の医師《いし》たちは、おどろきととまどいの渦《うず》にまきこまれてしまった。

そうして『解体新書《かいたいしんしょ》』は日本《にっぽん》の医学界《いがくかい》にまたたくまにひろがり、それから西洋医学《せいよういがく》がさかんになるきっかけとなった。

「この解剖書《かいぼうしょ》を訳《やく》せば、日本《にっぽん》の医学《いがく》の発展《はってん》につながるにちがいない。母国《ぼこく》のために、われわれはやらなければならない。」

そう考《かんが》えた杉田玄白《すぎたげんぱく》たちの信念《しんねん》のとおり、『解体新書《かいたいしんしょ》』はそれからの日本《にっぽん》の医学《いがく》をささえる、いしずえとなったのである。

ものしり偉人伝

## 西洋《せいよう》の医術《いじゅつ》を日本《にっぽん》にひろめた「シーボルト」

江戸時代《えどじだい》のおわりごろ、日本《にっぽん》で西洋《せいよう》の医学《いがく》や学問《がくもん》をひろめたドイツ人《じん》の医者《いしゃ》だよ。杉田玄白《すぎたげんぱく》とおなじく、日本《にっぽん》の医学発展《いがくはってん》のキーマンになった人《ひと》だ。

幕末《ばくまつ》の日本《にっぽん》は鎖国中《さこくちゅう》だったけど、オランダとはささやかな貿易《ぼうえき》をしていた。シーボルトはオランダ商館《しょうかん》の医者《いしゃ》として、長崎《ながさき》にやってきたんだ。その医術《いじゅつ》がみとめられ、病人《びょうにん》を診察《しんさつ》することがゆるされた彼《かれ》は、塾《じゅく》をひらくことになる。彼《かれ》のもとにはたくさんの生徒《せいと》が各地《かくち》からあつまってきて、医学《いがく》などを学《まな》んだんだ。

シーボルト自身《じしん》も、日本《にっぽん》についてのいろいろな資料《しりょう》をあつめるなど、研究《けんきゅう》をしていた。やがて研究《けんきゅう》であつめたものをオランダへ送《おく》ろうとしたところ、その船《ふね》を役人《やくにん》にしらべられ、禁止《きんし》されていた日本《にっぽん》の地《ち》図《ず》などを国外《こくがい》にもちだそうとした罪《つみ》で、シーボルトは国外追放《こくがいついほう》になってしまうんだ。

それでも、オランダにもどったシーボルトは、日本《にっぽん》の研究《けんきゅう》をまとめた『日本《にっぽん》』など、本《ほん》を数冊出版《すうさつしゅっぱん》して、ヨーロッパに日本《にっぽん》を紹介《しょうかい》したんだよ。

齋藤孝の
偉人《いじん》
かいせつ

# 杉田玄白《すぎたげんぱく》

杉田玄白《すぎたげんぱく》は、日本《にっぽん》の医学《いがく》の新《あたら》しい地平《ちへい》をひらいた人《ひと》だ。

当時《とうじ》の日本《にっぽん》では、切腹《せっぷく》という風習《ふうしゅう》はあったものの、人《ひと》の体《からだ》は切《き》りひらいて見《み》るものじゃないとされていた。杉田玄白《すぎたげんぱく》たちはそんな時代《じだい》に、オランダの医学書《いがくしょ》『ターヘル・アナトミア』と出合《であ》い、人間《にんげん》の体《からだ》とはこうなっているものなんだという基本知識《きほんちしき》を、この本《ほん》を訳《やく》すことでひろめようとしたんだ。

菊池寛《きくちかん》の『蘭学事始《らんがくことはじめ》』という作品《さくひん》にも、この翻訳《ほんやく》のときのやりとりが書《か》かれている。たとえば「眉《まゆ》とは目《め》の上《うえ》に生《しょう》じる毛《け》なり。」という一文《いちぶん》を、玄白《げんぱく》たちが丸二日《まるふつか》かかってやっとわかったりね。

ぼくがわかってほしいのは、このときの彼《かれ》らの感動《かんどう》なんだ。みんなでチャレンジして謎《なぞ》をといたときの、「おお、これだ！」という感動《かんどう》。ぼくは教《おし》えている大学《だいがく》の学生《がくせい》たちに、感動《かんどう》したときには拍手《はくしゅ》してハイタッチしてほしいといっている。そうするとどんどん拍手《はくしゅ》がおきて、活気《かっき》づく。みんなも感動《かんどう》したときは拍手《はくしゅ》してお祝《いわ》いをしよう。

# 修了証

あなたは、この「イッキによめる！
日本の偉人伝」を
よみとおしたことを、ここに証明します。
このあとは、「イッキによめる！　世界の偉人伝」
にすすんで、さらに偉人たちの精神を
学んでください。

認定者　明治大学教授　齋藤孝

| | |
|---|---|
| 織田信長と徳川家康 | ◯ |
| 源義経と源頼朝 | ◯ |
| 坂本竜馬と勝海舟 | ◯ |
| 吉田松陰 | ◯ |
| ジョン万次郎 | ◯ |
| 植村直己 | ◯ |
| 手塚治虫 | ◯ |
| 空海 | ◯ |
| 福沢諭吉 | ◯ |
| 北里柴三郎 | ◯ |

| | |
|---|---|
| 豊田佐吉 | ◯ |
| 紫式部 | ◯ |
| 千利休 | ◯ |
| 松尾芭蕉 | ◯ |
| 夏目漱石 | ◯ |
| 与謝野晶子 | ◯ |
| 金子みすず | ◯ |
| 伊能忠敬 | ◯ |
| 杉田玄白 | ◯ |

齋藤《さいとう》 孝《たかし》
1960年、静岡生まれ。東京大学法学部卒業。同大学大学院教育学研究科博士課程等を経て現在、明治大学文学部教授。専攻は教育学、身体論、コミュニケーション論。『宮沢賢治という身体』(世織書房)で'98年宮沢賢治賞奨励賞、『身体感覚を取り戻す』(NHK出版)で新潮学芸賞、『声に出して読みたい日本語』(草思社)で毎日出版文化賞特別賞を受賞。『声に出して読みたい日本語』は、シリーズ260万部を超えるベストセラーとなる。著者累計発行部数は、1000万部超。また、NHK Eテレ「にほんごであそぼ」を総合指導。

ふすい
人物だけでなく、風景にも表情が伝わるよう心理描写を入れ、叙情的な作風を特徴とするイラストレーター。『青くて痛くて脆い』(KADOKAWA)、「京都西陣なごみ植物店」シリーズ(PHP研究所)、『70年分の夏を君に捧ぐ』(スターツ出版)など数多くの小説作品の装画、挿絵を担当。そのほか、児童書、広告、音楽関連のイラストなど幅広く活躍。http://fusuigraphics.tumblr.com/

**新装版《しんそうばん》 齋藤孝《さいとうたかし》のイッキによめる!**
**日本《にっぽん》の偉人伝《いじんでん》**

2010年11月26日 第1刷発行
2015年 4月 7日 第9刷発行
2018年11月30日 新装版 第1刷発行

編　者／齋藤《さいとう》 孝《たかし》
発行者／渡瀬昌彦
発行所／株式会社講談社
〒112-8001 東京都文京区音羽2-12-21
電話 編集 03-5395-3542
販売 03-5395-3625
業務 03-5395-3615
印刷所／株式会社精興社
製本所／株式会社国宝社
装　丁／藤田知子
イラスト／ふすい
ＤＴＰ／脇田明日香

ISBN978-4-06-513753-6　N.D.C.913　287p　21cm